© Barney Hillerman

Tony Hillerman, geboren 1925, wuchs auf einer kleinen Farm in Sacred Heart, Oklahoma auf, einem staubigen, verarmten Landstrich mitten in den Vereinigten Staaten. Die örtliche High School von Sacred Heart war so heruntergekommen, daß die Hillermans es vorzogen, ihren Sohn statt dessen auf ein nahegelegenes Mädchen-Internat für Potawatomie- und Seminole-Indianer zu schicken. Über diese Zeit sagt Hillerman, die dort unterrichtenden Nonnen hätten ihm zwar verziehen, kein Potawatomie zu sein, nicht aber, kein Mädchen zu sein, er sei damals ein »Ein-Mann- Minderheitenproblem« gewesen, was ihn jedoch nicht daran hinderte, ein tiefes Verständnis für die indianische Kultur zu entwickeln und sich ihren Menschen zutiefst verbunden zu fühlen.

Hillerman versteht es in »Der Junge, der die Libelle schuf« auf einzigartige Weise, die alte indianische Erzähltradition in Geschriebenes umzusetzen. Herausgekommen ist dabei die bezaubernde, poetische und gleichzeitig spannende Erzählung vom Ursprung der Zuni-Indianer. Heute ist Tony Hillerman in den USA und in Deutschland gleichermaßen berühmt für seine indianischen Detektivgeschichten: »Wolf ohne Fährte«, »Schüsse aus der Steinzeit«, »Der Kojote wartet« gehören dazu. Neben vielen anderen Auszeichnungen erhielt er 1991 den »Grand Master of Crime Fiction Award« und – was ihm persönlich noch viel wichtiger ist – eine kleine Plakette, mit der die Navajo-Indianer ihn als einzigen Weißen zu einem »Besonderen Freund der Dineh« (Navajo) erklären. Tony Hillerman ist verheiratet, hat sechs Kinder und lebt und arbeitet in Albuquerque, New Mexico.

Janet Grado ist die Tochter von Tony Hillerman. So wie ihr Vater unter Seminole- und Potawatomie-Indianern aufwuchs, gehörten in ihrer Kindheit Navajo- und Zuni-Kinder zu ihren besten Freunden. Sie begann schon sehr früh zu zeichnen (natürlich am liebsten indianische Motive) und studierte an der Universität von New Mexico Malerei. Sie lebt heute mit ihrem Mann, einem Anthropologen, und ihren drei Kindern in Albuquerque.

Der Junge, der die Libelle schuf. Eine alte Erzählung der Zuni-Indianer aus dem Südwesten der Vereinigten Staaten schildert, wie die A'shiwi, die Ahnen der Zuni, nach langen Wanderungen durch die Welt endlich eine Heimat finden, ein Dorf gründen und zu Wohlstand kommen. Leider steigt den Menschen von Ha'wi-k'uh dieser Wohlstand bald zu Kopf, und sie beginnen, ihre Nahrung, ein Geschenk der Götter, zu verschwenden. Daraufhin bricht eine Hungersnot über das Dorf herein. Als die Menschen sich aufmachen, um bei einem anderen Volk Zuflucht zu suchen, werden im Aufbruch ein kleiner Junge und seine Schwester vergessen.
Der Winter steht vor der Tür. Beide Kinder drohen zu verhungern. Da beginnt der Junge, um seine kleine Schwester zu trösten, ein Spielzeug aus Maisstroh zu basteln. Eigentlich sollte es ein Schmetterling werden, aber heraus kommt ein Wesen, das er vorher noch nie gesehen hat und dem später der Name »Libelle« gegeben wird. Dieses Wesen wird mitten in der Nacht lebendig und macht sich auf, bei den Maismädchen, den heiligen Schutzgeistern der Zuni, Hilfe für die Kinder zu holen.

Tony Hillerman

Der Junge, der die Libelle schuf

Ein Märchen der Zuni

Aus dem Amerikanischen von
Bettina Münch
Mit Bildern von Janet Grado

Fischer Taschenbuch Verlag

Fischer Schatzinsel
Herausgegeben von Klaus Humann

Deutsche Erstausgabe
Veröffentlicht im Fischer Taschenbuch Verlag GmbH,
Frankfurt am Main, August 1995

Die amerikanische Originalausgabe erschien 1972
unter dem Titel ›The Boy Who Made Dragonfly‹
bei Harper & Row, New York, die von
Janet Grado illustrierte Neuausgabe 1991 by
HarperCollins*PublishersLtd*, Toronto

Gesamtherstellung: Clausen & Bosse, Leck
Printed in Germany
ISBN 3-596-80110-9

Gedruckt auf chlor- und säurefreiem Papier

Für Anne, Jan, Tony, Monica, Steve und Dan – und alle anderen Kinder (und früheren Kinder), die Zeit haben zuzuhören.

Der Junge,
der die Libelle schuf

I

Es geschah lange bevor die A'shiwi, das Fleisch vom Fleische, schließlich den Mittleren Platz fanden und ihre langen Wanderungen beendeten. Es geschah lange bevor die A'shiwi Zuni genannt wurden, bevor der Wasserschreiter seine langen Arme und Beine bis an das Ende der Welt ausstreckte und seinen Körper an dem Ort niederließ, an dem die A'shiwi leben sollten. Es geschah zu der Zeit, als die Menschen noch im Tal der Heißen Wasser lebten, in dem achtbaren Dorf aus Stein, das sie Ha'wi-k'uh nannten. Es geschah lange vor der Ankunft des weißen Mannes.

In diesen Tagen wurden die A'shiwi von den Ahnengeistern mit einem überreichen Wassersegen beschenkt. Im Tal der Heißen Wasser gab es Regen im Überfluß. Der Schlamm floß die Arroyos* hinab, und die A'shiwi verteilten ihn mit Dämmen aus Strauchwerk auf ihren flachen Feldern. So ging es Jahr für Jahr. Und im Winter blies der Eisgott mit seinem Atem nur selten über sie, denn nur wenig südlich von dort, wo sie lebten, wohnten zwei der Maismädchen und wachten über die Menschen-die-Zuni-genannt-werden-würden. Sommer für Sommer ernteten die A'shiwi mehr Mais, als sie essen konnten. Die Speicher der Frauen waren bis zur Decke gefüllt, und alle A'shiwi waren so fett wie Eichhörnchen im Oktober.

Eines schönen Herbsttages hatten die Menschen nach der Ernte so viel Mais eingeholt, daß sie erst neue Speicher bauen mußten, und sie häuften den Mais in der Mitte der Plaza auf.

Der Oberpriester des Bogen-Bundes stand auf dem Dach seines Hauses und sah auf diese Fülle von Mais hinab. Während er so hinabsah, stieg ihm der Stolz auf sein Volk zu Kopf. Keiner der Stämme in der Nähe des Mittleren Platzes hatte einen solchen Überfluß an Mais angehäuft, daß die Speicher überliefen. Während er darüber nachdachte, was er den

* Viele der indianischen Bezeichnungen und Bräuche werden am Schluß des Buches, ab S. 106, erklärt.

A'shiwi raten sollte, was sie mit dieser Fülle an Saatgut anfangen sollten, bemerkte er einige Kinder, die Krieg spielten. Sie bewarfen sich mit Schlammbällen, und während er ihrem Spiel zusah, begann der Bogen-Priester, Mitglied des berühmten Bogen-Geheimbundes, dieser ehrenwerte Mann begann zu denken, wie ein kleines Kind denkt, bevor es lernt zu leben. Der Priester des Bogen-Bundes dachte, es wäre gut, die Navajo, die Ute, die Laguna-Indianer, die Acoma, Hopi und all die anderen Stämme wissen zu lassen, wie reich die A'shiwi geworden waren.

Der Bogen-Priester rief die ehrenwertesten Männer aller Clans zusammen, dazu den Pekwin und die sechs A'shiwa-ni-Priester, die Anführer der Kiva-Gesellschaften, die Mudhead-Clowns und alle anderen ehrenwerten Männer. Und als alle im Rat zusammengetreten waren, sprach er zu ihnen.

»Hört mir zu«, sagte er. »Ich glaube, es wäre gut für die A'shiwi, wenn wir all den anderen Leuten zeigen würden, wie reich wir geworden sind. Ich glaube, es wäre gut, wenn wir alle ein großes Fest vorbereiten würden. Es wäre gut, wenn wir den Frauen auftragen würden, einen ganzen Berg Hartbrot und Weichbrot, Maiskuchen, Tortillas und solche Dinge zu backen und außerdem einen großen Vorrat an Maisbrei und anderem Essen zuzubereiten. Und dann sollten wir unsere schnellsten jungen Läufer ausschicken, um all die anderen Stämme einzuladen, nach Ha'wi-k'uh zu kommen und unseren Wasserreichtum mit uns zu feiern. Wir werden alle, die kommen, auffordern, an einem großen Wettkampf teilzunehmen, wie ihn die Kinder abhalten, und als Waffen werden wir Brot, Teig und anderes Essen verwenden. Stellt euch das vor, ihr ehrenwerten Männer! Stellt euch vor, wie diese Fremden über den Reichtum der A'shiwi staunen werden, wenn sie sehen, daß wir mit der Nahrung, für die andere so schwer arbeiten müssen, umgehen wie Kinder, die mit dem Schlamm des Flusses und den Steinen der Mesas spielen.«

Die anderen ehrenwerten Männer waren genauso dumm wie der Bogen-Priester. »*Ha'tchi*!« sagten sie alle. »Du hast klug gedacht und klug gesprochen. Es soll geschehen, wie du sagst.«

Und so war das Dorf Ha'wi-k'uh bald ganz erfüllt von Geräuschen. Da war der Lärm der Männer, die das Holz zerkleinerten, damit es in die Öfen paßte, und der Lärm der *metates*, der steinernen Mahlplatten, auf denen Berge von gelbem Mais gemahlen wurden, und das Prasseln der Feuer in den *hornos*, in denen das Essen gebacken wurde. Das Dorf war bedeckt vom Rauch des Piñonholzes, der aus den Öfen drang, und dem Dampf der Kochtöpfe mit brodelndem Brei. Während all dies geschah, machten sich die Läufer in alle Himmelsrichtungen auf, um die anderen Stämme zu verständigen.

Nun hörten auch die Maismädchen davon, was die Menschen von Ha'wi-k'uh trieben. Es machte sie traurig, daß ihre Kinder die Früchte des Wassersegens so verschwenden wollten. Aber das Weiße Maismädchen meinte, die Dinge seien vielleicht doch nicht so, wie sie gehört hatten. Und das Gelbe Maismädchen meinte, die Leute von Ha'wi-k'uh suchten vielleicht eine Möglichkeit, ihr Saatgut mit anderen Leuten zu teilen, die nicht so gesegnet waren wie sie. Deshalb beschlossen sie, die Menschen auf die Probe zu stellen. Sie verließen den Ort Wo-der-Sommer-wohnt und machten sich auf den Weg nach Ha'wi-k'uh. Als sie dort hinkamen, legten sie ihre leuchtende Erscheinung und all ihre Schönheit ab und nahmen das Aussehen von alten Frauen an. Ihre Decken waren zerrissen und schmutzig, und ihre Mokassins so abgetragen, daß ihre Zehen durch das Leder hervorschauten, und sie sahen dünn und hungrig aus. Das taten sie, weil sie den Menschen noch eine Chance geben wollten. Sie wollten die schlechten Dinge, die sie gehört hatten, nicht glauben. Als die Maismädchen in das Dorf hineinhumpelten, waren sie von einer dunstigen Regenwolke umgeben. Sie hatten ihren Wassersegen direkt nach Ha'wi-k'uh gebracht. Wieder regnete es, und die A'shiwi waren nicht ganz so dankbar dafür, wie sie es heute sind. Sie hielten den Regen für etwas, das der Regengott des Südens ihnen herabsandte, weil es ihnen zustand. Als die Maismädchen so durch das Dorf wanderten, starrten die Menschen sie nur von ihren Haustüren aus an. Niemand sagte: »Kommt herein. Setzt euch in Frieden hin, eßt und laßt es euch wohlergehen.« Wo die Maismädchen auch hingingen, überall sahen sie aufgehäuftes Saatgut. Das Dorf war erfüllt von Essensdüften – von Töpfen voller Maisbrei, Maiskuchen, Hartbrot, Weichbrot und vielen anderen guten Sachen. Jeder konnte sehen, daß die Maismädchen müde und hungrig waren, doch niemand sagte zu ihnen: »Kommt herein. Setzt euch in Frieden hin und laßt es euch wohlergehen.«

Die einzigen, die den Maismädchen in Ha'wi-k'uh an diesem Tag Essen anboten, waren zwei Kinder, ein kleiner Junge und seine noch kleinere Schwester. Sie saßen auf dem Dach des Hauses ihrer Mutter und aßen Maiskuchen. Als sie die alten Frauen vorbeitrotten sahen, streckten sie die Arme hinab, um den Fremden etwas von ihrem Kuchen abzugeben. Doch die Schwester ihrer Mutter beobachtete die Kinder und befahl ihnen aufzuhören.

»Verschwendet das gute gekochte Essen nicht an

diese Nomaden«, ermahnte die Tante die Kinder. »Das müssen Navajo oder Apachen sein. Sie sollten lieber daheim bleiben und ihren eigenen Mais anbauen, statt herumzuwandern und dem Geruch der Kochtöpfe von anderen Leuten hinterherzulaufen.«

Damals waren die Dinge noch anders. Die A'shiwi wußten, daß die Navajo und Apachen ihre jüngeren Geschwister waren, aber die Heiligen Wesen hatten ihnen noch nicht alle Lektionen des Lebens beigebracht. Sie hatten noch nicht gelernt, daß Reichtum geteilt werden muß, um wirklich genossen zu werden. Sie hatten noch nicht gelernt, wie sie mit dem Fleisch von ihrem Fleisch umzugehen hatten.

Denn in diesen Tagen gab es eine A'shiwi, die durch jahrelanges Unglück nicht am Reichtum der Menschen teilhaben konnte. Es war ein altes Mütterchen, das unten, am Rand des Dorfes, in einem halbverfallenen Haus lebte. Alle ihre Brüder waren in Kriegen getötet worden, ihr Ehemann war an einer Krankheit gestorben, und sie hatte keine Töchter, die ihr Schwiegersöhne ins Haus bringen konnten. Alle ihre Söhne waren weggezogen, um bei den Familien ihrer Frauen zu leben, und hatten sie vergessen. Und so lebte sie ganz allein und hatte niemanden, der ihr half, ihren Mais anzupflanzen oder die Pflanzen zu bewässern. Sie war sehr arm.

Die alte Frau hatte keine Männer, die ihr Tierfelle brachten, und keine Möglichkeit, sich Baumwolle zu besorgen. Deshalb bestand ihre Kleidung nur aus Lumpen. Die Leute aus dem Dorf warfen ihre Abfälle und Nahrungsreste die Böschung hinunter, wo sie sich um das Haus der alten Frau ansammelten und sogar auf ihrem Dach landeten. Deshalb mußte die Frau jeden Morgen viel Zeit damit zubringen aufzuräumen.

Damit war sie auch beschäftigt, als sie die Maismädchen aus dem Dorf kommen sah. Zuerst sagte sie gar nichts, weil die Dorfbewohner es nicht gern hatten, wenn sie sie ansprach oder auch nur ihren Weg kreuzte. Die A'shiwi waren jetzt reich, und das zerlumpte alte Mütterchen erinnerte sie daran, wie es gewesen war, als sie arm waren. Die alte Frau erkannte schnell, daß die Maismädchen zerlumpt, alt und müde aussahen und daß sie froren und hungrig waren. Sie würden sich nicht von ihr gestört fühlen, glaubte sie. Deshalb rief sie ihnen mit ihrer alten, schwachen Stimme zu.

»Kommt herein und setzt euch in Frieden nieder«, sagte sie. »Euer Hunger wird euch das armselige Essen schon schmecken lassen, das ich euch heute abend anbieten kann. Kommt herein und setzt euch in Frieden an mein Feuer. Laßt euch das wenige Essen schmecken und ruht euch aus. Morgen wird es viel besser für euch aussehen, denn morgen werden die Menschen von Ha'wi-k'uh ein großes Fest feiern und ein großes Spiel spielen, in dem mit all dem guten Essen herumgeworfen wird, als sei es nichts anderes als Schlamm aus dem Fluß. Morgen könnt ihr ins Dorf zurückgehen und alles, was ihr essen wollt, vom Boden aufheben. Aber heute abend wird euer Hunger meinem armseligen Essen Geschmack verleihen.«

Und so traten die Maismädchen ein, und die alte Frau nahm ihren zerlumpten Umhang ab und breitete ihn auf dem Boden aus, damit sie darauf sitzen konnten. Sie schüttete ihnen das Maismehl, das sie für sich selbst zu Abend gekocht hatte, in eine Schüssel und begann im Zimmer aufzuräumen – nach Art der Frauen –, damit ihre Gäste nicht merkten, daß es für sie selbst nichts zu essen gab. Doch das Gelbe Maismädchen bemerkte es trotzdem.

»Eine so liebe und freundliche alte Frau wie du sollte nicht auf ihr Abendessen verzichten«, sagte das Gelbe Maismädchen. »Setze dich in Frieden nieder und leiste uns bei dieser Mahlzeit Gesellschaft, denn auch wir haben etwas zu essen.«

Dann zog das Weiße Maismädchen unter seinem zerrissenen Umhang einen Lederbeutel hervor, der mit Türkisen und den schönsten weißen Muscheln besetzt war. Daraus holte sie Honigwaben, Maiskuchen und das Brot, das aus Mehl und Piñon-Nüssen hergestellt wird. Dann holte sie einen Beutel mit Pollen hervor und streute diese über den klumpigen Maismehlbrei der alten Frau. Ein Duft entströmte dem Topf, und es roch wie eine Wiese mit Frühlingsblumen. Als das alte Mütterchen dies sah, wußte sie, daß die armen Frauen zwei der Maismädchen sein mußten oder zwei andere der Heiligen Wesen, die A'wonawil'ona geschaffen hatte, um die A'shiwi zu behüten. Das alte Mütterchen schämte sich, daß es so dreist gewesen war, die

Heiligen Wesen in ihr zerfallenes altes Haus einzuladen. Sie huschte fort und kauerte sich dicht an die Wand.
Da sagte das Gelbe Maismädchen zu ihr: »Alte Mutter, du sollst nun wissen, wer wir sind und warum wir gekommen sind. Wir sind das Gelbe und das Weiße Maismädchen, und wir sind gekommen, um uns unsere Kinder anzusehen, die A'shiwi, das Fleisch von unserm Fleische. Doch nun sehen wir, daß du und zwei kleine Kinder oben im Dorf die letzten wahren A'shiwi in Ha'wi-k'uh seid. Deshalb komm', setz' dich zu uns und iß mit uns. Wir bitten dich, mit uns zu essen.«
Das alte Mütterchen fürchtete sich noch immer, aber sie holte ihr Gebetsmehl heraus, besprengte damit die Köpfe der Maismädchen und segnete sie. Als sie sich niedersetzte, um mit ihnen zu essen, bemerkte sie, daß ihr Haar nicht länger alt und grau, sondern jugendlich schwarz und glänzend aussah; an ihren Handgelenken glitzerte reines Silber, und ihre Gesichter leuchteten vor Glück. Die alte Frau tauchte ihre Finger in den kargen Maisbrei und stellte fest, daß er süß und nahrhaft schmeckte, als habe man Honig hineingerührt. Und die Maismädchen unterhielten sich mit ihr, sie lachten und scherzten. Das Herz der alten Frau vergaß die Jahre der Einsamkeit und erinnerte sich daran, wie es ge-

wesen war, als ihre Söhne noch um sie waren und ihr Haus erfüllt war von Kinderlärm.

Als sie alle satt waren, holte das Weiße Maismädchen ein Bündel hervor und rollte es auf dem Boden aus. Es enthielt einen weißen fransenbesetzten Umhang aus Hirschleder. »Hänge dies auf die Stange für deine Decken, liebe Mutter«, sagte das Weiße Maismädchen, »und am nächsten Morgen wirst du darunter Mehl, Melonen und viele guten Essensdinge finden. Wir hinterlassen dir dies, weil unser Wassersegen nicht länger nach Ha'wi-k'uh kommen wird.«

Zu diesem Zeitpunkt hatte der Sonnenvater den Himmel verlassen und war zu seinem heiligen Platz zurückgekehrt. Dunkelheit umschloß Corn Mountain, und die Maismädchen hauchten in die Hände der alten Mutter, und auch sie hauchte in die Hände der Mädchen, dann gingen sie davon.

Als der letzte Knoten in der Kalenderschnur gelöst war und der Tag des großen Festes herankam, schmückten sich die Leute von Ha'wi-k'uh mit ihrem schönsten Silber, den Türkisen und Schnüren aus weißen Muscheln, ihren besten Umhängen und den weichsten Lederkleidern. Als der Sonnenvater sich von seinem heiligen Platz erhob, wimmelte es auf den Wegen zum Pueblo in allen Himmelsrichtungen von herbeikommenden Fremden, die der Einladung der A'shiwi-Läufer gefolgt waren. Die

Dächer der Häuser im Dorf waren bedeckt mit Essensdingen, mit festen und weichen Kuchen und mit großen Töpfen voller Pfannkuchenteig und Mehl. Im Laufe des Morgens begannen die Priester des Bogen-Bundes die Clans in Armeen für das große Kriegsspiel aufzuteilen. Der Dachs-Clan würde auf dieser Seite kämpfen, der Truthahn-Clan auf der anderen, der Gelbholz-Clan auf dieser und der Tabak-Clan auf jener. Sobald der Sonnenvater an diesem Tag seinen höchsten Stand erreicht hatte, begann der Wettkampf.

Im Nu war der Himmel über dem Pueblo von Ha'wi-k'uh bedeckt mit fliegenden Broten, Klumpen aus gekochtem Brei und all den anderen Essensdingen. Einige Krieger wurden vom Hartbrot zu Boden geschlagen, anderen spritzte der Brei mitten ins Gesicht, und alle hatten Maismehlteig in Haaren und Kleidern kleben. Die A'shiwi schrien vor Lachen, und auch einige der fremden Gäste lächelten ein wenig, doch die meisten unterhielten sich leise miteinander. Sie versuchten die Gründe dafür herauszufinden, warum die A'shiwi sich derartig verhielten. Die Mädchen standen auf den Häuserdächern und warfen Hartbrote auf die kämpfenden jungen Männer unter ihnen. Und wie es so geht, wenn junge Männer sich von Mädchen beobachtet fühlen, begannen die Krieger, sich härter zu be-

kämpfen und wütend zu werden und sich gegenseitig wehzutun. Als es schließlich dunkel wurde, war fast jeder im Pueblo wütend und entsetzt, und bald erhob sich der Mond über einem Ort, der in dumpfes Schweigen gehüllt war.

Als die Morgendämmerung anbrach und die Menschen auf ihre Dächer kletterten, um dem Sonnenvater ihre Gebete darzubringen, staunten sie über das, was sie sahen. Überraschtes und sorgenvolles Gemurmel war im ganzen Dorf zu hören. Die große Plaza von Ha'wi-k'uh war in der vergangenen Nacht von all dem Essen, das sie im Kampf verwendet hatten, völlig bedeckt gewesen, aber jetzt, im Licht des heranbrechenden Tages, sahen die Leute, daß der Platz vollkommen leergefegt war. Das verunsicherte die A'shiwi – einige, weil sie sich vorgenommen hatten, das herumgeworfene Essen wieder aufzusammeln (wenn die Fremden abgezogen waren und sie dabei nicht beobachten konnten), um es für den Winter aufzubewahren, andere, weil sie es merkwürdig und unnatürlich fanden, daß das ganze Essen einfach so über Nacht verschwunden war. Sie bemerkten sehr schnell, daß die Samenfresser das Essen geholt haben mußten, denn rund um das Dorf fanden sie die Spuren von Tieren. Das schien ihnen unnatürlich. Woher hatten die Samenfresser gewußt, daß sie hierher kommen mußten?

Dennoch, sie sagten zueinander: »Was spielt es für eine Rolle? Seid fröhlich. In unseren Speichern ist immer noch genug Mais, um uns über den Winter zu bringen. Und wenn der nächste Sommer kommt, wird es eine neue reiche Ernte geben.«
Das alte Mütterchen in dem zerfallenen Haus unterhalb des Dorfes war in der vergangenen Nacht mit dem Gedanken zu Bett gegangen, die Leute von Ha'wi-k'uh würden bei Tagesanbruch das Essen, das sie in ihrem Wettkampf verwendet hatten, zu ihrer Hütte hinabwerfen, so wie sie auch mit ihrem Abfall taten. Deshalb war sie an diesem Morgen glücklich aufgewacht und hatte daran gedacht, hinauszugehen und das verschwendete Essen einzusammeln, um auf diese Weise etwas Vorrat anzulegen, mit dem sie ihren alten Körper im Winter am Leben erhalten konnte. Aber, ach! Als sie durch ihre Dachluke nach oben kletterte und sich umsah, bemerkte sie, daß es dort kein verschwendetes Essen gab – das Dorf lag so sauber da wie ein abgenagter Knochen. Sie kletterte die Leiter wieder hinunter und wollte sich ein Frühstück aus ihrem grob gemahlenen Mehl zubereiten. Doch als sie eben anfangen wollte, fiel ihr der Umhang ein, den die Maismädchen ihr hinterlassen hatten – und was sie ihr über seinen Zauber gesagt hatten. Sie ging in das Zimmer, in dem sie den Umhang aufgehängt hatte.

Und siehe da! Im Zimmer, unter dem Umhang, bot sich der alten Frau ein Anblick, der ihr die Augen übergehen ließ. An den Wänden waren Maiskolben aufgeschichtet, aus weißem, gelbem und verschiedenfarbigem Mais. Und rundherum standen Körbe mit Kürbissen, Melonen und getrockneten Früchten, Piñon-Nüssen und gedörrtem und in Streifen geschnittenem Wildbret.

Als sie die vielen Sachen sah, traten der alten Frau Tränen in die Augen, und eine große Last fiel ihr vom Herzen. Denn nun bereitete der Winter ihr keine Furcht mehr. Sie würde die kalten Tage und Nächte überstehen. Aber etwas betrübte sie dennoch. Gern hätte sie die Möglichkeit gehabt, den Maismädchen zu sagen, welchen Frieden sie ihr gebracht hatten. Aber noch mehr sehnte sie sich nach jemandem, dem sie von ihrem Glück erzählen und mit dem sie es teilen konnte.

2

Die Zeit und der Winter vergingen, und die Frühlingswinde setzten ein. Doch in diesem Jahr wehten die Winde beständig aus Westen. Nicht ein einziges Mal wehten sie mit dem Wassersegen des Regengottes aus Süden, und es kam kein Regen, um die Felder von Ha'wi-k'uh für die Maissamen bereit zu machen. Das beunruhigte die Menschen von Ha'wik'uh, und doch pflanzten sie sogar noch mehr Mais an als gewöhnlich, weil sie zur Erntezeit ihren Speisen-Wettkampf wiederholen wollten. Die Maiskeimlinge waren schwach und gelblich, weil ihren Wurzeln das Wasser fehlte. Die A'shiwi stellten Gebetsstöcke mit den allerschönsten Federn auf und sangen die dazu passenden Gebete mit der allergrößten Sorgfalt, sie vollführten die schönsten Ehrentänze, bei denen jedes gesungene Wort und jeder Schritt genau auf die richtige Art und Weise ausgeführt wurde. Doch der Wassersegen blieb aus. Jeden Nachmittag kletterten die Wolken am Horizont den Himmel hinauf, doch wenn die Gebete der A'shiwi sie zu den Maisfeldern von Ha'wi-k'uh lenkten, erhob sich das Ungeheuer namens Wolkenschlucker und saugte sie alle auf. So ging es den ganzen heißen Sommer lang, Tag für Tag. Die Priester und die angesehenen Männer der Kiva-Gesellschaften führten ihre ehrenvollsten Tänze auf und begruben die schönsten Gebetsstöcke, die auf die schicklichste Weise angefertigt worden waren. Die Wolken bewegten sich zwar auf die Maisfelder zu, doch dann erhob sich der – für die A'shiwi unsichtbare – Wolkenschlucker und saugte allen Dunst und alle Feuchtigkeit aus ihnen heraus, so daß kein Regen fallen konnte. Der Mais wurde gelb und verdorrte, seine toten Stengel standen spröde und brüchig in den Feldern.

Schon vor vielen Wochen hatten die Menschen von Ha'wi-k'uh aufgehört, darüber zu sprechen, einen weiteren Wettkampf abhalten zu wollen, und statt dessen nur noch davon gesprochen, ob sie genügend zu essen haben würden. Jetzt waren sie verzweifelt. Als der Winter kam, zogen die A'shiwi über die Mesas und sammelten die getrockneten Früchte der Kakteen, die Wurzeln von eßbaren Pflanzen und Piñon-Nüsse. Aber das Ausbleiben des Wassersegens hatte selbst diese armseligen Früchte des Landes spärlich werden lassen. Die Maultierhirsche waren nach Norden gewandert, wo die Bäche noch sprudelten und das Gras frischer war, und selbst die Hasen und Präriehunde hatten das von der Dürre geplagte Land verlassen.

Als die Tage der längsten Dunkelheit kamen, mitten im toten, kalten Herz des Winters, war der letzte Mais aus den Speichern gemahlen und aufgebraucht. Nun waren die Menschen bitterarm. Die Kinder wühlten im Staub auf der Suche nach einzelnen Körnern, die vielleicht aus den Kolben gefallen waren, und die Männer zogen über die verschneiten Mesas und suchten nach dem Wild, das von ihren Jagdgesängen nicht länger herbeigelockt wurde. Sie brieten das Leder ihrer Umhänge, zermahlten auf den Mahlsteinen alte Knochen zu Mehl, das sie zu Speisen verarbeiteten; und überall herrschte Hunger.

Von ihrem zusammengefallenen Häuschen unterhalb des Dorfes aus sah die alte Frau das Elend ihres Volkes und wollte den Menschen helfen. Doch als die A'shiwi sahen, daß die Frau aus dem verfallenen Häuschen nicht dünner war als zuvor und zu essen hatte, wo sie hungerten, schlossen sie daraus, daß sie der Gemeinschaft der Hexer beigetreten sein mußte. Deshalb fürchteten sich die A'shiwi, davon zu nehmen, wenn die alte Frau ihnen in ihrer Freundlichkeit Essen anbot. Jeder von ihnen wußte insgeheim, daß sie das alte Mütterchen schlecht behandelt hatten. Und jeder nahm an, daß sie sich nun als Hexe dafür rächen wollte. Und so kam es, daß nur die Vögel und die hungrigen Dorftiere an den Segnungen teilhatten, mit denen die alte Frau von den Maismädchen beschenkt worden war.

In den dunkelsten Tagen des Winters begannen die alten und die ganz kleinen unter den A'shiwi vor Hunger schwach und krank zu werden und zu sterben. Ein Rat wurde aus allen Kivas und den Bünden und Clans zusammengerufen. Die Priester und alle angesehenen Männer brachten ihre Ansichten vor. Als die Versammlung endete, hatten sie beschlossen, daß sie, wenn die Menschen überleben sollten, Ha'wi-k'uh verlassen und Nahrung suchen mußten. Der Rat schickte Läufer nach Westen zu den Dörfern der Hopi, um zu fragen, ob sie die A'shiwi bis zum Frühling miternähren könnten. Nachdem viele Tage vergangen waren, kamen zwei junge Boten der Hopi nach Ha'wi-k'uh, die lange verknotete Schnüre bei sich trugen, welche die Anzahl der Tage benannten, bis die Hopi bereit sein würden, die A'shiwi zu begrüßen und zu verköstigen.

Da gab es große Aufregung in den Häusern von Ha'wi-k'uh. Um zu den Dörfern der Hopi zu gelangen, mußten sie viele Tage über das schneebedeckte karge Land ziehen, das ihnen nicht viel Nahrung bot. Hatten sie genug zu essen, um auf dieser bitteren Reise am Leben zu bleiben? Vielleicht, entschieden die Priester, aber nur, wenn sie noch in dieser Nacht aufbrachen – bevor noch mehr von ihren armseligen Vorräten verzehrt wurden.

In dieser Nacht herrschte große Eile. In allen Häusern von Ha'wi-k'uh arbeiteten die Menschen bis spät in die Dunkelheit, um alles zusammenzutragen, was sie an Leder und Knochenmehl finden konnten. Sie suchten überall und nach allem, was eßbar war und sie am Leben erhalten konnte. Lange vor Tagesanbruch erging der Ruf von den Dächern des Dorfes, daß alles bereit sei und die kräftigen jungen Läufer der Hopi aufbrächen, um die A'shiwi anzuführen. Als die Menschen den Ruf hörten, hasteten sie aus ihren Häusern. Sie hatten schreckliche Angst, daß die kräftigen jungen Fremden sie – geschwächt vom Hunger, wie sie waren – zurücklassen könnten.

Nun war es so, daß in dem Haus der beiden kleinen

Kinder, die den Maismädchen Kuchen angeboten hatten, ein alter Onkel lebte, der guten Grund hatte, sich davor zu fürchten. Dieser Mann war ein Koyemshi gewesen, einer der klügsten Männer des weisen Clownbundes der Mudhead-Clowns. Aber jetzt war er der älteste Mann in Ha'wi-k'uh, zu alt, um länger die Maske aus Schlamm zu tragen und die harte Arbeit der Brüderschaft der Clowns auszuführen. Er besaß die Zähigkeit der alten Menschen, und die Wanderung durch den Schnee zu den Hopi-dörfern machte ihm keine Angst. Aber seine Beine taten ihren Dienst nur noch sehr langsam. Dieser alte Onkel hatte sich bereits den Zorn vieler Dorfbewohner zugezogen, weil er die ehrenwerten Männer der Kivas vor dem großen Kriegsspiel davor gewarnt hatte, daß es nicht die Art der A'shiwi sei, mit Nahrung umzuspringen wie kleine Kinder mit Flußschlamm. Er hatte die Leute dafür getadelt, daß sie es versäumt hatten, die zerlumpten, alten Bettelweiber zu speisen. Und als die Priester und ihre Lehrlinge vergeblich ihre heiligsten Rituale vollzogen, um die segensreichen Wolken zu den sterbenden Maispflanzen zu rufen, hatte er den A'shiwi verkündet, ihre eigene Dummheit habe dieses große Unglück verschuldet. Das hatte die Menschen des Dorfes sehr verärgert, und er wollte sie nicht erneut gegen sich aufbringen, indem er hinter ihnen zurückblieb. Deshalb machte sich der alte Onkel früher auf den Weg, weil er wußte, daß die Dorfbewohner ihn bald überholen würden.

Der Junge und das Mädchen hatten bis spät in die Nacht bei den Vorbereitungen der Reise geholfen, aber schließlich waren sie in einer warmen Ecke beim Herd eingeschlafen. Als die Stimme des Pekwin durch das Dorf schallte und alle Leute aufforderte, den Hopi-Führern zu folgen, begannen alle im Haus eiligst zu den Leitern zu eilen, die durch die Dachluken nach draußen führten, und in dieser Eile wurden die beiden Kleinen vergessen. Erst als die Nacht bereits vorüber war und die Menschen schon viele Meilen von den Hügeln des Zunilandes entfernt waren, bemerkten die Eltern, daß die Kinder nicht bei ihrem Treck waren. Und selbst dann nahmen sie an, daß sie vielleicht mit ihrem alten Onkel vorausgegangen waren. Wenn nicht, dann war ihr Schicksal ohnehin besiegelt. Zu diesem Zeitpunkt war klar, daß diese Reise überaus hart werden und nicht viele der Kleinen überleben würden. Und diejenigen, die hinter den anderen zurückblieben, würden mit Sicherheit sterben. Es war besser, sie schlafen zu lassen. Ginge jetzt jemand zurück, um sie zu holen, würde keiner von ihnen die anderen je einholen.

Der Bruder und seine kleine Schwester schliefen ruhig weiter. Der Sonnenvater erhob sich von seinem heiligen Platz und erhellte den Himmel im Osten, doch die beiden schliefen immer noch, müde von der harten Arbeit und matt vom langen Hungern, und zudem war das Dorf nun menschenleer und still wie der Schnee. Als der kleine Junge schließlich aufwachte, sah er sich in dem großen Raum seines Elternhauses um, er bemerkte die Stille und Leere und wußte sofort, was geschehen war.

Für einen Moment überkam ihn große Angst, und Tränen liefen ihm über die Wangen. Aber dann dachte er an seine kleine Schwester. Irgendwie mußte er sie vor Furcht und Leid beschützen.
Aus Rinde und Piñonstöckchen machte der Junge Feuer im Herd, damit es im Raum warm wurde, und kletterte dann über die Leiter durch die Dachluke nach oben. Es war genau so, wie er es sich gedacht hatte. Rings um ihn herum lag das Dorf Ha'wi-k'uh still und verlassen da. Nicht aus einem einzigen Haus drang Rauch aus der Dachluke. Fast hätte der Junge wieder zu weinen begonnen vor Hunger und Einsamkeit, da hörte er, daß seine Schwester wach

wurde. Das kleine Mädchen verlangte nach Maisbrei (vielleicht hatte sie davon geträumt), also kletterte der Junge die Leiter hinab und suchte überall nach etwas, das er für sie hätte kochen können.

Aber ach! Es gab nichts. Doch plötzlich fiel dem Jungen ein, daß er vom Dach aus einen Vogelschwarm über dem Dorf gesehen und daß er gelernt hatte, wie man Vögel fängt.

Er riß sich ein paar lange Haarsträhnen aus, verknotete sie sorgsam zu Schlingen und plazierte sie vorsichtig auf einigen Zedern- und Piñonzweigen aus dem Haufen mit Feuerholz. Dann wickelte er sich Lumpen um die Füße als Schutz vor dem Schnee (seine Mokassins waren schon vor langer Zeit geröstet und verzehrt worden) und ging fort, um die Fallen aufzustellen.

Der Junge bemerkte, daß sich Hunderte von Zaunkönigen, Spatzen, Schneeammern und selbst Eichelhäher bei dem verfallenen Haus unterhalb des Dorfes versammelt hatten, wo das alte Mütterchen lebte. Aber er wußte auch, daß die Dorfleute der alten Frau, die dort gelebt hatte, aus dem Weg gegangen waren. Er nahm an, daß auch sie fort war, zusammen mit den anderen aus dem Dorf. Vielleicht war sie eine Hexe gewesen. Es würde das beste sein, einen Bogen um den Ort zu machen, an dem Hexerei stattgefunden hatte. Der Junge wußte nicht, daß die Vögel dort hinkamen, weil das alte Mütterchen sie jeden Morgen in der Frühe vor ihrer Haustür fütterte. Er fürchtete, daß es sich hier um einen Zaubertrick handeln könnte. Und so kam es, daß, als der Winter an Kälte und Dunkelheit zunahm, weder der Junge noch die alte Frau ahnten, daß sich noch jemand im Dorf befand. Die alte Frau, deren altersschwache Knochen schnell froren, blieb in ihrem verfallenen Häuschen, und der Junge blieb im anderen Teil des Dorfes. Dort legte er seine Zweige aus, mit den daran befestigten Schlingen, und versteckte sich. Innerhalb von einer Stunde hatten sich drei Vögel in den Schlingen verfangen. Der Junge sammelte sie ein, häutete sie und brachte sie seiner Schwester nach Hause. Nachdem er sie aufgespießt und über der Glut gebraten hatte, weckte er das Kind zärtlich auf. Zuerst rief das kleine Mädchen nach geröstetem Mais. Dann merkte sie, daß keine Erwachsenen im Haus waren und rief nach der Mutter. Doch schließlich konnte der Junge sie bewegen, etwas Wasser zu trinken und sich an den gebratenen Vögeln satt zu essen.

So verlebten die beiden Kinder einen Tag nach dem anderen. Doch die kleine Schwester wurde immer trauriger und sehnte sich nach etwas Eßbarem aus Getreide, nach geröstetem Mais und Brot. Sie war es leid, nichts anderes als Wintervögel zu essen und sehnte sich nach den Speisen, die sie gewöhnt war. Immer öfter weinte sie, und für den Jungen wurde es immer schwieriger, sie zu trösten.

Und so kam es, daß er eines Tages sagte:

»Still, kleine Schwester. Hör auf zu weinen. Wenn du nur wieder lächelst, werde ich dir etwas Hübsches zum Spielen bringen. Ich hole dir, was dein Herz erfreut.«

Als sie das hörte, wurde die kleine Schwester still und dachte nach. Und nachdem sie eine Weile nachgedacht hatte, sagte sie zu ihrem Bruder, sie würde nicht mehr traurig sein, wenn er ihr einen Schmetterling brächte. Wahrscheinlich sagte sie das, weil sie den Hunger und die Kälte des Winters leid war und der Schmetterling ein Tier der Wärme und des Sommers ist, der Zeit des grünen Maises, der Früchte und Speisen aus Brei. Was immer der Grund gewesen sein mochte, ihre Worte ließen den Bruder im stillen zuerst fast verzweifeln. Er kletterte auf das Dach und sah sich um. Überall war die Landschaft winterlich schwarz, grau und weiß. Der erste Schmetterling war noch viele Monate entfernt. Als er über die Maisfelder blickte, über die im Sommer die Insekten schwirrten, hatte

er eine Idee. Er würde einen Schmetterling basteln.
Der Junge lief eilig auf die Felder und sammelte zu Stroh vertrocknete Maisstengel und Gräser ein und eilte damit zurück nach Hause, damit seine Schwester ihn nicht vermißte und wieder zu weinen be-

gann. Er legte seine Materialien auf die Decke neben sie, damit sie ihm zusehen und sich freuen konnte.

Zuerst baute er einen Käfig. Dafür schnitt er acht gleichlange Maisstengel zurecht und entfernte die harten Hülsen, die sie umgaben, so daß nur die inneren Stengel übrig blieben. In jedes Ende der acht Stengel bohrte er ein Loch. Dann nahm er etwas weicheres Gras und verwendete es wie ein Weber das Garn, um damit die Stengel zu zwei viereckigen Rahmen zusammenzubinden. Sie bildeten den Deckel und den Boden des Käfigs. Anschließend schnitt er feste, trockene Gräser in gleicher Länge zurecht und verwendete sie als Gitterstäbe für den Käfig – die Enden steckte er in die weichen Stengel, die den Rahmen bildeten. Schon bald war der Käfig fertig.

Er schmückte ihn mit Federn und Farben aus den Materialkisten für die Zeremonien, die sein Vater und seine Onkel zurückgelassen hatten. Und eine geflochtene Haarsträhne diente dazu, den Käfig über den Felldecken beim Herd aufzuhängen, wo seine Schwester schlief.

Als seine Schwester des Zuschauens müde geworden und eingeschlafen war, begann er mit dem Schmetterling. Den Körper formte er aus einem langen Maisstengel, aus dem er einen runden Kopf und die richtigen Körperteile schnitzte. Dann versuchte er die Flügel zu basteln. Aber selbst die größten Halme, die er finden konnte, waren viel zu schmal, und als er versuchte, einzelne Teile zu einem breiteren Flügel zusammenzufügen, brach das brüchige Material. Schließlich wurde dem Jungen klar, daß er mit dem verfügbaren Material niemals die breiten Flügel eines Schmetterlings würde bauen können. Statt dessen gab er dem Insekt zwei lange, schmale Flügel auf jeder Seite des Körpers. Dann gab er dem Wesen seine sechs Beine, die er aus gebogenen Grashalmen anfertigte. An beiden Seiten des Kopfes verwendete er schwarze Farbe, um die Augen aufzumalen. Doch die Farbe war viel zu dünn angerührt, so daß die Augen viel größer wurden als die eines Schmetterlings. Das gleiche passierte, als er versuchte die Punkte aufzumalen, von denen die Schmetterlingsflügel ihre Farbe haben. Die roten, gelben, blauen und schwarzen Kleckse breiteten sich aus, verliefen und bildeten Streifen statt Kreise. Am Ende, als der Junge fertig war und die Farbtöpfe zur Seite stellen konnte, hatte das Spielzeug nur wenig Ähnlichkeit mit dem Schmetterling, den er seiner Schwester versprochen hatte. Statt dessen hatte er ein wunderschönes Geschöpf erschaffen, wie es noch keiner vor ihm gesehen hatte. Genau zwischen den Flügeln befestigte er ein verknotetes Haar und

hängte sein kleines Kunstwerk in der Mitte des Käfigs auf.
Als das kleine Mädchen aufwachte und das Wesen dort hängen sah, zum Greifen nahe, dort oben über den Schlaffellen, war zum ersten Mal, seit die Erwachsenen sie verlassen hatten, wieder der Klang ihres Lachens im Haus zu hören. In ihrer Freude wollte sie diesem leuchtenden, anmutigen Geschöpf einen Namen geben. Schmetterling war nicht der richtige Name, das war deutlich zu sehen, deshalb rief sie es bei den Worten, die »Fliegt-mit-zweifachen-Flügeln« bedeuten. Den ganzen Tag unterhielt sich die Kleine mit dem Maiswesen, lachte, plapperte und schaukelte es in seinem Käfig hin und her. Ihrem Bruder erzählte sie, das Fliegende Wesen sei lebendig und verstehe ihre Worte, und dem Jungen wurde das Herz leicht, als er sah, daß das Wesen sie ihren Kummer vergessen ließ.
In dieser Nacht kehrte, noch bevor sie schlafen ging, der Hunger zu der spielenden Kleinen zurück, und sie sagte zum Fliegenden Wesen:
»Flieg fort, dorthin, wo du gelben Mais findest, und bringe meinem Bruder Körner zurück, damit er sie mir zum Frühstück rösten kann.«
Als diese Worte gesprochen waren, meinte der Bruder einen Augenblick lang zu sehen, wie die Flügel des Maisinsekts sich mit solcher Geschwin-

digkeit bewegten, daß sie vor seinen Augen flimmerten und summten, wie es die Sommerbienen tun. Doch er wußte, daß das Flimmern von nichts anderem kommen konnte als vom Schwindelgefühl des Hungers – daß Flügel aus Maishülsen nicht fliegen können.

Auch die Schwester glaubte, den Flügelschlag gesehen zu haben. Sie hüpfte vor Freude und lachte: »Oh, mein Bruder. Hast du gesehen, daß das Geschöpf mich gehört hat und daß es seine Flügel bewegt hat?«

»Ja, ich habe es gesehen, kleine Schwester. Und ich hatte Angst, es würde aus seinem Käfig entkommen und wegfliegen«, antwortete der Junge. Das sagte er nur, um seiner Schwester eine Freude zu machen.

Doch in dieser Nacht, als der Junge auf seinen Fellen lag, auf den Schlaf wartete und durch das Rauchloch das Sternenlicht beobachtete, dachte er daran, wie es wäre, wenn das Maiswesen, das er geschaffen hatte, wirklich fliegen und irgendwo Nahrung finden könnte, so wie seine Schwester es darum gebeten hatte. Er befürchtete, daß sie ohne richtige Nahrung den Winter nicht überleben würde. Und während er daran dachte und ein sehnsuchtsvolles Drängen verspürte, dem kleinen Mädchen auf irgendeine Weise zu helfen, hörte er etwas, das sich wie winzige vibrierende Flügel anhörte und wie leises Gewisper.

»*Thli-ni-ni*«, sagte das Wispern. »Laß mich gehen.«

Der Junge lag angespannt auf seinen Fellen und lauschte.

Er fürchtete sich so sehr, daß er nur mit Mühe die Zunge bewegen konnte. »Wo bist du?« sagte er. »Wer bist du?«

»Im Käfig«, antwortete das Wispern.

Da sah der Junge, daß der Käfig mit dem Maiswesen zitternd an seinem Faden hing. Im schwachen Licht der Sterne konnte er erkennen, wie das Wesen gegen die Strohhalme anflog, die ihm den Ausgang versperrten – wie es sich an dem dünnen Haar im Kreis drehte, mit dem es an der Käfigdecke befestigt war.

»Warte, kleines Wesen. Ich werde dir Wasser zu trinken holen und versuchen, etwas zu essen zu finden, wenn ich nur wüßte, was du frißt«, sagte der Junge. »Ich würde dich ja gerne fliegen lassen, aber wenn du unser Haus verläßt, wirst du bestimmt vor Kälte sterben. Und wenn du wegfliegst, wird meine Schwester darüber traurig sein. Deshalb mußt du mir, bevor ich deinen Käfig aufmache, versprechen, daß du nicht aus diesem warmen Zimmer fliegen wirst.«

»Das tue ich«, sagte das Maiswesen. »Ich verspreche es.«

Und so öffnete der Junge den Käfig und löste vorsichtig das verknotete Haar, mit dem das Maisinsekt befestigt war. Das kleine Geschöpf flog mit wunderbarer Sanftheit und glitt in alle Ecken des Zimmers. Und schließlich verhielt es nahe beim Ohr des Jungen.

»Dein Herz ist größer als die Herzen der meisten A'shiwi«, sagte das Geschöpf. »Du, der allen Grund hatte, zornig zu sein, hast den Zorn von dir fern gehalten, und du hast treu und liebevoll für dieses arme kleine Kind, deine Schwester, gesorgt.« Die Stimme des Insekts war ein tiefes Brummen, und der Junge mußte sich selbst in der Stille der Nacht anstrengen, sie zu verstehen. »Du, großherziger Knabe, bist mein Vater. Denn du hast mir einen Körper gegeben, wo zuvor kein Körper war, und zweifache Schwingen, mit denen ich schweben kann wie kein anderes Lebewesen. Und weil du mich aus selbstloser Liebe erschaffen hast, hast du mich mit Leben erfüllt. Und ich, das Produkt deines Geistes, bin dein Geschöpf und habe keinen anderen Wunsch, als dir zu dienen. Entbinde mich von meinem Versprechen. Laß mich durch das Rauchloch fliegen, durch welches das Sternenlicht hereinfällt. Ich werde zurück sein, bevor der Sonnenvater den Osten erhellt. Ich werde die Nacht über versuchen, einen Weg zu finden, dir und deiner Schwe-

ster zu helfen. Doch mit oder ohne Erfolg, ich werde zurückkommen. Ich werde dich nicht verlassen.«
Der Junge fürchtete sich vor all dem. Doch er fand eine winzige Menge Gebetsmehl, streute es segnend über das Insekt und sagte ihm, es sei frei.

Das Insekt schwirrte zweimal summend durch das dunkle Zimmer und schoß dann wie der Pfeil vom

Bogen eines starken Jägers durch das Rauchloch davon.

Der Junge legte sich auf seine Felle und wunderte sich über das, was er gesehen und gehört hatte. Er fragte sich, ob das Geschöpf, das er aus Maisstroh geschaffen hatte, je zurückkehren würde. Und bald darauf holte ihn der Schlaf in seine Höhle.

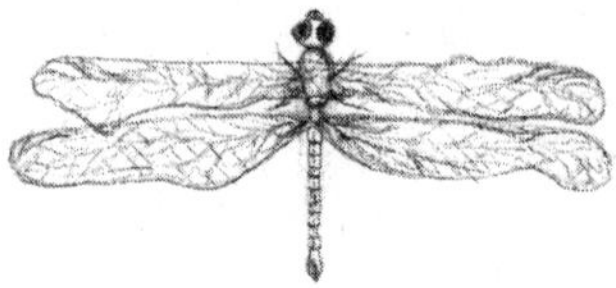

3

Das Maiswesen flog hoch hinauf über die Dächer von Ha'wi-k'uh, kreiste höher als der jagende Adler und eilte schließlich in westliche Richtung davon. Schnell wie ein Pfeil flog es über die große Mesa, die Täler und die Tiefen der Arroyos und kam schließlich zu den Canyons des Colorado Chiquito, des Flusses mit den tosenden roten Wassern, und zu guter Letzt schwebte es über einen großen blauen See. Dort, wo das Wesen mit seinen doppelten Flügeln auf der Stelle schwebte, konnte es tief in das blaue Wasser hinunterblicken und unter der Wasseroberfläche schwache Lichter erkennen, so zahllos wie die Sterne am Winterhimmel. An den sandigen Ufern sah es die Wasserwesen, ihre häßlichen Vogelgesichter lächelten freundlich, während sie ruhelos umherliefen und nach den Seelen der Menschen Ausschau hielten, die ihren Lebensweg zu Ende gegangen und bereit waren, das zweite Leben der endlosen Freude zu beginnen. Als das Insekt diese Dinge sah, wußte es, daß es den Heiligen See gefunden hatte.

In diesem Moment reckte es seinen Schwanz in den Himmel, senkte den Kopf zur blauen Wasseroberfläche und tauchte mit der Schnelligkeit eines herabstürzenden Falken hinab. Es hielt nicht an, um mit den Wasserwesen zu sprechen, sondern schoß an ihnen vorbei, tauchte in das kalte, klare Wasser ein, daß es klang, als treffe ein Pfeil auf sein Ziel.

Fast augenblicklich drang das Maiswesen durch das Wasserdach und fand sich in einer Halle wieder, die vom Licht tausender Feuer erleuchtet und von den glücklichen Seelen der geliebten Ahnen bevölkert war. Es war im Tanzsaal der Toten, wo die Seelen der Menschen, deren Lebensweg vollendet war, ihre Glückseligkeit feierten. Am einen Ende sah das Insekt den Rat der Götter, der von den großen Shalako-Botenvögeln bedient wurde. Das Maiswesen schwirrte im Raum umher, ruhte sich hier einen Augenblick auf einer Stange und dort auf einem Schüsselrand aus, bis schließlich der

Kleine Feuergott, Shulawitsi, auf es aufmerksam wurde.
»Seht, meine Onkel«, rief Shulawitsi. »Seht euch die Gestalt an, die vom Großvater der Götter geschaffen wurde – eine Gestalt, wie sie noch nie vorher gesehen ward.«
Sayatasha, der Regengott des Nordens mit den nebelverhangenen Regenwolken um sein langes Einhorn, sprach zu dem Insekt: »Warum bist du gekommen, Großvater? Und welche Botschaft bringst du dem Rat der Götter?«
»Ich bin gekommen, ihr Heiligen Wesen des Sonnenvaters, um euch zu bitten, euren Segen über zwei arme Kinder zu bringen: ihnen, die mir diese Gestalt und die Erlaubnis gegeben haben, ihr Bote zu sein.«
Dann erzählte das Maiswesen, wie der Knabe aus Ha'wi-k'uh seine Schwester am Leben erhielt und daß die beiden, wenn sich ihr Lebensweg erfüllen sollte, Mais brauchten, um den Winter zu überleben.
Der Rat hörte zu, und als das Insekt geendet hatte, sprach Sayatasha:
»Setze dich nieder, Großvater, und wir werden dir sagen, was getan werden muß, denn gern werden wir unseren lieben Kindern in Ha'wi-k'uh helfen.«
Und Sayatasha zeigte dem Insekt, auf welche Weise

der Junge Gebetshölzer schnitzen und sie mit Farben und Federn schmücken sollte und wie sie geopfert werden mußten, damit der Rat der Götter seinen Segen über die Kinder bringen konnte. Dann rief Sayatasha die He'hea-kwe zu sich, die Läufer-des-Heiligen-Tanzes, und wies sie an, Maiskörner nach Ha'wi-k'uh zu bringen, dorthin, wo Großväterchen Insekt sie leicht finden konnte, damit die Kinder zu essen hatten, während er sie ihre Pflichten lehrte. »Fliege nun zurück zu unseren geliebten Kindern, Großvater, und unterweise sie gut, damit großer Segen über sie kommen möge. Glück auf den Weg!«

»Glück auch über euch«, sagte das Maiswesen. Mit schwirrenden Flügeln schoß es hinauf, durch das Dach des Wassers, und war im Nu über den Dächern von Ha'wi-k'uh. Gerade als es durch das Rauchloch in das große Zimmer hinabflog, in dem die Kinder schliefen, sah es durch das Fenster des oberen Raumes, daß die Läufer-des-Heiligen-Tanzes dort bereits Hunderte kleiner gelber Haufen mit Maiskörnern aufgetürmt hatten.

Das Insekt begann hin und her zu fliegen und von den Haufen einige Maiskörner durch einen Spalt in der Decke auf die Felle des Jungen zu werfen.

»*Klack, klack, klack, klack, klick*«, fielen die Körner auf das Büffelfell. Bald war das Fell gelb von Maiskörnern. Das Geräusch holte den Jungen ein Stückweit aus der Höhle des Schlafes, gerade weit genug, um die Geräusche zu hören und anzunehmen, es seien Regentropfen; genug, um das Gewicht zu spüren und anzunehmen, sein Fell werde schwer von Nässe und Feuchtigkeit. Er kuschelte sich unter dem Fell zusammen, ihm graute vor der Dämmerung, wenn er aufstehen mußte, während alles kalt und klamm war.

Doch als der Morgen kam und der Junge seine Decke zurückschlug, jauchzte er vor Freude. Beim Aufstehen rieselten Hunderte von Maiskörnern in einem goldenen Schauer zu Boden. Als er das sah, fiel ihm das Maiswesen ein, und er erinnerte sich, es in der vergangenen Nacht fliegen gelassen zu haben. Doch nun hing es genauso in seinem Käfig, wie er es dort hingehängt hatte, still und bewegungslos.

An diesem Morgen waren die Kinder so glücklich, daß sie – zum ersten Mal – vergaßen, daß man sie allein gelassen hatte. Sie rösteten einige Maiskörner auf den heißen Holzscheiten der Feuerstelle, vermahlten einige auf dem Mahlstein zu Mehl und kochten daraus einen Brei. Andere kochten sie zusammen mit den armseligen Vögeln, die der Junge gefangen hatte. Und zum ersten Mal in diesem Winter wurden sie satt, und ihre Bäuche waren warm vom Essen. Den ganzen Tag lang hielten sie ein Festessen ab, aßen immer nur eine Kleinigkeit, und jedesmal hoben sie ihre Hände und dankten dem Insekt – das einfach dahing, als sei es nichts anderes als totes Wintergras.

Als die Nacht kam und im Schein des Feuers Schatten im Raum umhertanzten und der Junge und seine Schwester satt waren von ihrem Festmahl, begann das Insekt zu schaukeln; ganz langsam schwang es in seinem kleinen Maisstrohkäfig hin und her.

Zuerst war sich der Junge nicht sicher. Den ganzen Tag hatte er das Insekt beobachtet und seine Schwester ebenso, doch es hatte sich nicht bewegt. Nun schaukelte es hin und her, und bald begann es zu sprechen.

»*Thli-ni-ni*«, sagte das Insekt mit seiner tiefen, summenden Flüsterstimme. »Laßt mich frei, denn nun muß ich euch beibringen, Gebetshölzer für den Rat der Götter anzufertigen.«

Auf diese Dinge verstand sich der Junge nicht, denn seine Verwandten waren fortgegangen, ohne ihn darin zu unterweisen. Aber das Insekt war jetzt sein Freund, und er ließ es aus dem Käfig.

Kaum war die Käfigtür offen, schoß das Insekt heraus und flog im roten Schein des Feuers im Zimmer umher. Dreimal schwirrte es durch den Raum, denn seine Flügel waren steif, weil es den ganzen Tag im

Käfig gesessen hatte. Dann flog es dicht an das Ohr des Jungen heran.
»Hast du noch Federn von den Vögeln des Sommers?« fragte das Insekt. Seine Stimme war wie das Flüstern des Windes im Sommergras.
Kleine Schwester war, satt vom Essen des Tages, neben dem Feuer eingeschlafen.
»Ja«, antwortete der Junge. »Einmal, als ich im Nebenzimmer nach Farbe gesucht habe, fand ich die Federkiste meiner Verwandten. Darin waren Federn von Ente und Adler.«
»Es ist gut«, sagte das Insekt. »Am Morgen, wenn der Sonnenvater über die Dächer blinzelt und die Wege noch weiß sind vom Frost, gehst du hinaus und schneidest bei den Quellen im Tal einige Stöcke ab und bringst sie her. Suche dir ein paar Enten- und Adlerfedern aus und befestige sie an sechs Stöcken. Dann mußt du die Hölzer gelb, blau oder grün, rot, weiß, gepunktet und schwarz anmalen. Diese Dinge sollst du tun, damit der Frühling, die Zeit des Pflanzens und Säens, für dich und deine kleine Schwester mit dem Geist des Glücks gesegnet ist.«
»Ich werde tun, wie du gesagt hast«, sagte der Junge, »aber vielleicht werde ich es nicht so gut machen. Mein Vater und mein Onkel, die früher Gebetshölzer anfertigten, haben mir nie gezeigt, wie sie gemacht werden.«

»Du wirst es gut machen«, antwortete das Maiswesen. »Und wenn du fertig bist, werde ich die Gebetshölzer zum Rat der Götter bringen, die im Sommer die Regenwolken machen, und zu den Ahnen.«

Dann war das Insekt still, und die einzigen Geräusche waren das Knistern des Feuers und das Schwirren seiner Flügel, als es durch die Dachluke in die Nacht hinausflog.

Der Junge saß still beim Schein des Feuers und fragte sich, wohin das Maiswesen wohl geflogen sein mochte, doch er war sehr müde, und bald darauf lag er schlafend neben seiner Schwester.

Als es im Raum still und dunkel wurde und von den Resten des Feuers nur noch ein schwaches Glimmen zu sehen war und die Sterne als kleine Lichtpunkte durch die Dachluke funkelten, begann das Insekt seine nächtliche Arbeit.

Die ganze Nacht flog es hin und her und warf Maiskörner durch den Spalt in der Decke. Als der Morgen kam und Sonnenvater sich über den Bergen im Osten erhob und die Dächer rot färbte, war das Büffelfell bedeckt mit goldenen Maiskörnern.

Als der Junge erwachte, fand er den Mais wie eine goldene Decke über das Büffelfell ausgebreitet.

»Danke, mein Vater«, sagte er zu dem Maiswesen,

das bewegungslos in seinem Käfig saß. »Danke, daß du in der Nacht den Mais herabgeworfen hast, und dafür, daß du so freundlich und gut zu meiner kleinen Schwester bist«, sagte er. Aber das Maiswesen rührte sich nicht.

Nachdem der Junge den Mais in einer Schale gesammelt und etwas davon für das Frühstück der kleinen Schwester gemahlen hatte, machte er sich auf den Weg ins Tal, wo neben einer Quelle eine Gruppe von Weiden stand. Der Sonnenvater stand noch nicht sehr hoch über den Bergen, und das tote Gras am Wegrand war weiß vom Nachtfrost.

Der Junge suchte sich nur die geradesten und besten Weidenruten aus, und als er genügend abgeschnitten hatte, band er sie zu einem Bündel zusammen und trug sie nach Hause. Er setzte sich neben seine Schwester ans Feuer. Als er sich aufgewärmt hatte, begann er, die Weidenruten zu sauberen Stöcken zu schneiden, die er an Sandsteinstücken rieb, bis sie ganz glatt waren.

Dann band er Federn, wie das Insekt ihn geheißen hatte, mit dem leuchtend bunten Garn einer alten Baumwolldecke an die Enden der Stöcke. Als die Federn befestigt waren, bemalte er die Stöcke. Er bemalte sie in den Farben, die das Insekt ihm genannt hatte, und als er fertig war, band er die Stöcke zu einem Bündel zusammen und begann über ihnen zu beten, so wie er es bei seinen Verwandten gesehen hatte. Der Junge kannte die Gebete der Alten nicht, deshalb erfand er seine eigenen Gebete. Dann bereitete er eine Opfergabe aus Gebetsmehl und geweihter Farbe und legte sie in einer Maishülse daneben.

Der Junge arbeitete den ganzen Tag an den Federn, den Gebeten und der Opfergabe aus geweihtem Gebetsmehl, und den ganzen Tag über saß das Insekt in seinem Strohkäfig und machte keine Bewegung. Der Sonnenvater beendete gerade seine Wanderung über den weiten Himmel, als der Junge mit seiner Arbeit fertig wurde.

Bald darauf breitete sich die Nacht wie eine dunkle Decke über die leeren Häuser der Alten. Dunkelheit kroch zu den Eingängen und Fenstern herein und erfüllte die stillen Räume. Das einzige Licht war der Feuerschein vom Herd der Kinder.

Der Lichtschein wärmte den Raum und ihre Gesichter, ab und zu flackerte das Herdfeuer auf und ließ Schatten über die Wände und in die Ecken tanzen, und da begann sich das Maiswesen zu regen.

Im Schein des Feuers bewegte es sich für einen Moment hin und her, dann schwirrte es aus dem Käfig ins Zimmer hinein. Dreimal flog es durch den Raum, dann – *schwirr* - schoß es hinab und hob die

Gebetshölzer auf, und – *schwirr* – war es durch das Rauchloch in die sternenklare Nacht verschwunden.

Der kleine Junge und seine Schwester fragten sich, wohin das Maiswesen geflogen sein könnte, doch es war ihr Freund, und sie vertrauten ihm und hatten keine Angst. Warm und gemütlich rollten sie sich unter dem Büffelfell zusammen und waren, als das Feuer im Herd zu einer schwachen roten Glut heruntergebrannt war, fest eingeschlafen.

Wieder kreiste das Maiswesen hoch über den Dächern von Ha'wi-k'uh. Es flog höher als der jagende Adler, sogar höher als der Nachtwind, und schoß dann wie ein Pfeil nach Westen.

Es flog über die große Mesa, die dunklen Canyons und Arroyos, bis es wieder über dem großen blauen See schwebte, mit seinen Lichtern, die so zahllos waren wie die Wintersterne.

Dann tauchte es in das kalte klare Wasser hinab, und als es sich umsah, war es im Tanzsaal der Toten.

Zu Füßen von Shulawitsi, dem Kleinen Feuergott, legte das Insekt das geweihte Bündel mit Gebetshölzern ab.

Shulawitsi fuhr mit seiner Fackel durch die Luft, bis sie Feuer fing, und beleuchtete die Halle der Toten. Er besah sich die Federn von Adler und Ente und die buntbemalten Stöcke, allesamt in der richtigen

Größe und mit Sandstein glattgerieben; und er war sehr zufrieden.

»Der Junge, dessen Hände diese Gebetshölzer geschaffen haben, wird bedeutend werden in den Augen seines Volkes«, sagte Shulawitsi. »Wir haben seine Gebete gehört.«

»*Ha'tchi, ha'tchi*!« sagte Pa'u-ti-wa, der Gott Aller Tanzgötter, und alle anderen antworteten: »*Ha'tchi*«, was bedeutete, daß der Feuergott gut und wahr gesprochen hatte.

Dann sprach der Kleine Feuergott wieder zu dem Insekt. »Kehre zu den Kindern zurück und sorge für sie«, sagte er. »Wenn der Frühling ins Tal von Ha'wik'uh kommt und es Zeit ist für die Aussaat, werden wir große, mächtige weiße Regenwolken über die Mesas schicken. Unsere flinken Läufer werden die Felder mit dem Saatgut der Götter bestellen.«

Das machte das Insekt sehr glücklich. Es flog von Schüsselrändern zu Deckenstangen und summte vor sich hin.

Wieder sprach der Feuergott.

»Hab' keine Angst um die Kleinen«, sprach er zum Maiswesen. »Sie werden ihren Lebensweg vollenden und für ihr Volk noch viele Generationen lang von großer Bedeutung sein.«

Das machte das Insekt so glücklich, daß es nicht länger stillsitzen konnte. Es flog hoch in die Luft und dreimal durch den Raum. Dann flog es herab und schwebte auf seinen kleinen Flügeln aus Maishülsen dicht ans Ohr des Feuergottes.

»Ich danke dir in meinem und im Namen meiner guten Kinder.« Die Stimme des Geschöpfes war nur ein Flüstern, weil es so winzig klein war.

Als es sich bedankt hatte, schoß es durch den stillen blauen See hinauf, höher als jagende Adler fliegen, dorthin, wo der Himmel beginnt. Dann wandte es sich nach Osten, hin zu dem schwachen gelben Leuchten des Sonnenvaters, der hinter den Bergen ruhte.

Als die Kinder am nächsten Morgen erwachten, saß das Insekt leblos wie Stroh in seinem winzigen Käfig.

4

Während ein Tag nach dem anderen verging, in dieser Zeit kurz vor dem Frühling, geschah es, daß das kleine Mädchen krank wurde. Sie rief oft nach Mutter und Vater und nach ihrem Onkel, und nichts, was der Bruder sagte, ließ es ihr besser gehen.

»Du solltest nicht um die Verwandten trauern, die uns hiergelassen haben, damit wir vor Hunger und Kälte sterben«, sagte er, doch sie war noch immer nicht zu trösten.

Als das Feuer niedergebrannt und die Nacht in den Raum gekrochen war und das kleine Mädchen sich schließlich in den Schlaf geweint hatte, schlüpfte das Maiswesen aus seinem Käfig und flog durch das Rauchloch davon.

Am Morgen waren beide Kinder traurig, denn der Mais im Speicherraum war fast aufgebraucht, und, was schlimmer war, der Maisstrohkäfig hing verwaist und still an seinem Faden.

Das Maiswesen flog über viele Berge und Ebenen nach Süden. Schnurgerade wie eine gespannte Bogensehne flog es in das Land des Ewigen Sommers. Überall gab es Vögel und Schmetterlinge. Blumen in allen Farben erfüllten die Luft mit ihren Düften, und an allen Bäumen hingen reife, schwere Früchte.

In diesem Tal lebten die Maismädchen. Als das Maiswesen sich ihrem Zuhause näherte, legte es eine Rast ein, denn der Flug war über viele Berge und Ebenen gegangen, und das kleine Wesen war sehr müde.

Wo immer eine Maispflanze wuchs, ruhte es sich für einen Moment auf den Rispen aus, bevor es zur nächsten weiterflog. So flog und ruhte das Maiswesen abwechselnd, bis es das Zuhause der Maismädchen erreicht hatte.

Die beiden Schwestern, die für eine Weile in der Höhle der Weißen Klippen gewohnt hatten, spazierten gerade durch die großen Maisfelder, als sie das Insekt hörten: Es klang wie trockene Maispflanzen im Sommerwind.

»Beeil' dich, Schwester«, sagte die Ältere. »Hast du

unser Kind nicht gehört, das aus dem Nordland kommt?«
»Wo bist du, o Kind aus dem Fleisch der Maispflanze?« sagte sie.
»*Tsi-ni-thla*«, summte das Maiswesen. »Hier bin ich.«

Also sahen sich die Maismädchen um, und da saß es, hoch oben auf der Rispe einer Maispflanze, und berichtete ihnen von den Kindern und ihrer Not.
»Wir wollen rasch zu ihnen eilen«, sagte die ältere Schwester, »haben sie uns nicht damals zu essen angeboten, weil sie meinten, wir seien nichts anderes als arme Bettlerinnen?«

»So ist es«, sagte die andere Schwester. »Wir werden ihre Güte nicht vergessen.«
»Eile uns voraus, und bitte unseren kleinen Sohn, das Maislager für uns vorzubereiten«, sagte die ältere Schwester. »Denn wir werden zu Besuch kommen, und mit uns wird warmer Regen kommen, der den kalten Schnee vertreibt und den Frühling mit sich bringt.«
Lange vor Tagesanbruch flog das Maiswesen zurück ins Haus der Kinder. Immer wieder flog es durch das Zimmer, dann kreiste es um den Kopf des Jungen, bis dieser erwachte.

Im Zimmer war es immer noch dunkel, denn das Feuer war in der Nacht erloschen und der Sonnenvater noch nicht hinter den Bergen im Osten hervorgekrochen. Der Junge setzte sich auf, lauschte auf das Summen des Maiswesens und rieb sich die Augen, denn er war noch sehr müde.

»Wach auf, Kleiner Vater«, sagte das Maiswesen, »ich bin im Land des Ewigen Sommers gewesen und habe mit den Maismädchen gesprochen. Es gibt vieles, was du wissen mußt.«

Die Augen des Jungen gewöhnten sich langsam an die Dunkelheit, und im schwachen Sternenlicht, das durch das Rauchloch hereinfiel, konnte er mit Mühe das Maiswesen erkennen, das auf dem Rand eines Kruges thronte.

»Ich bin wach«, flüsterte er, weil er die kleine Schwester nicht aufwecken wollte.

»Morgen früh, wenn das Licht des Sonnenvaters den Raum erfüllt und deine kleine Schwester erwacht und zu weinen beginnt«, flüsterte das Maiswesen mit seinem schwachen Stimmchen, »sage ihr, daß am Abend des dritten Tages ihre Mütter, die Maismädchen, kommen werden. Du wirst wissen, wann die Zeit gekommen ist, weil ein kräftiger Südwind wehen wird, der den Geruch von Blumen und Frühling mit sich trägt, und ein feiner Regen wird den Frost von Sun-i-a-shi'wa-nis Atem schmelzen las-

sen. Dann mußt du sie schlafen schicken, und bevor die Nacht des dritten Tages vorüber ist, werden die Maismütter so sanft wie das Mondlicht ins Zimmer kommen.
Morgen und übermorgen mußt du das Maislager ausfegen, denn dort wünschen die Maismädchen zu wohnen; und sobald du sie gesehen hast, kannst du deine kleine Schwester zu ihnen bringen, damit sie getröstet wird.«
Als das Maiswesen all das berichtet hatte, flog es zu seiner Stange in dem kleinen Käfig aus getrockneten Grashalmen und Maisstengeln und saß ganz still.
Danach konnte der kleine Junge nicht mehr einschlafen, und kurz vor Tagesanbruch erhob er sich und machte Feuer im Herd. Im Lichtschein des Feuers machte er sich daran, das große Zimmer zu säubern, in dem er und seine Schwester wohnten. Dann, als der Sonnenvater sich über den Bergen im Osten erhob und die Häuserdächer rot färbte, begann der Junge die leeren Maislager zu reinigen.
Als seine kleine Schwester aufwachte, lief er dahin, wo sie unter dem Büffelfell lag.
»Schau her, kleine Schwester«, sagte er, »ich mache das Haus sauber, weil deine Mütter kommen.« Aber das kleine Mädchen glaubte, er wolle sie nur trösten, und weinte trotzdem.
Diesen und den ganzen folgenden Tag säuberte der

kleine Junge die Lagerräume, denn er war recht schwach, und es dauerte lange, den ganzen Staub und die Spinnweben mit einem kleinen Handfeger aus Stroh wegzufegen.

Schließlich waren alle Räume bereit, und in jedem Zimmer legte der Junge alte Decken und weiche Unterlagen aus, damit es den Maismädchen gefallen würde und sie seine kleine Schwester nicht allein ließen.

Am dritten Tag weinte das Mädchen mehr als je zuvor, denn schon zwei Tage lang hatte ihr der Bruder erzählt, daß die Maismütter kommen würden. Deshalb kletterte der kleine Junge die Leiter hinauf und sah aus dem Rauchloch, um zu sehen, ob die Regenwolken bereits aufzogen.

Endlich, weit hinten im Süden, sah er, wie sich dunstige Wolkenbänke zusammenballten und hoch über der Mesa auftürmten, und eine sanfte Brise blies ihm ins Gesicht und roch nach Blumen und Frühling.

»Sie kommen, kleine Schwester«, rief er, als er die Leiter hinunterkletterte. »Sie kommen. Bald werden die Maismädchen hier sein und dich trösten.«

Sonnenvater verschwand hinter den Wolken, und der Regen setzte ein. Glücklich begann das Maiswesen im Zimmer umherzuschwirren.

Es war düster, denn der Sonnenvater versteckte sich noch immer hinter den Wolken, doch durch das Rauchloch fiel Licht herein und erfüllte den Raum. Und plötzlich schwebte direkt vor den Augen des kleinen Jungen die Gestalt eines wunderschönen Mädchens die Leiter herab, an ihm vorbei und in den Lagerraum hinein, und hinter dem ersten Maismädchen folgte ein zweites.

Dann ertönte eine Stimme aus dem Lagerraum, sanft wie Vogelgesang.

»Komm, Kleiner-Junge-der-seine-Schwester-tröstet«, sagte die Stimme, »damit wir dich trösten können.«

Also ging der kleine Junge in den Lagerraum, den er gesäubert und mit Decken und weichen Unterlagen ausgelegt hatte, und da standen die mädchenhaften Maismütter, die sanftesten und schönsten Wesen, die der Junge je gesehen hatte. Er vergaß, daß sie nicht seine leiblichen Mütter waren und rannte zu ihnen. Sie knieten nieder und nahmen ihn in die Arme, küßten ihn und streichelten ihm die Wangen, und all das machte ihn überglücklich, denn, obwohl er sehr tapfer gewesen war und sich um seine kleine Schwester gekümmert hatte, war er trotzdem immer noch ein kleiner Junge.

Dann trug er seine schlafende Schwester vor die Augen der Maismädchen, wo er sie auf einer weichen

Decke niederlegte. An der Feuerstelle des leeren Raumes entzündete er eine Flamme. Das Feuer loderte auf und tanzte an seinem Platz, so daß es warm und fröhlich wurde im Zimmer. Die Maismädchen sangen für die Kinder, und während sie sangen, kam das Maiswesen aus seinem Käfig heruntergeschwirrt und setzte sich auf den Türrahmen. Schließlich öffnete das kleine Mädchen seine tief in den Höhlen liegenden Augen und sah sich lächelnd um.

»Siehst du«, sagte der kleine Junge, »ich habe dir gesagt, daß die Mütter des Maises kommen. Genauso

wie es mir das Maiswesen in der Nacht gesagt hat.«
Solange das Feuer ihnen Licht spendete, wiegten und trösteten die Maismütter die Kinder. Sie streichelten ihnen über das Haar, wiegten sie in ihren Armen und sangen stille, leise Lieder, bis die Kinder in einen tiefen Schlaf fielen.
Als sie fest eingeschlafen waren und das Feuer weit herabgebrannt war, zogen die Maismädchen aus den Falten ihrer Gewänder viele wunderbare Din-

ge. Jeweils ein Korn von gelbem, rotem, blauem, weißem und gesprenkeltem Mais legten sie auf den Boden des Lagerraums. Über die Maiskörner breiteten sie bestickte Baumwollschärpen, und über die Deckenstangen hängten sie Ketten aus Muscheln und Türkisen und viele leuchtende Kleider.
Alle diese Dinge waren aber nichts anderes als die Samen der vielen wundervollen Sachen, von denen die Saatmütter am besten wußten, wie sie vermehrt wurden, so wie der Mais, der in Wirklichkeit ihr Fleisch ist, sich aus einem einzigen Korn noch viele Male vermehrt.
Das Haus, in dem der Onkel der Kinder gelebt hatte, war groß, und in jedem der vielen Räume hinterließen die Maismädchen Körbe mit grünem Mais, Früchten und Melonen, Kürbissen und vielen anderen guten Sachen, die trotzdem erst die Samen der Dinge waren, die noch kommen würden. Dann gingen die Mädchen dorthin, wo die Kinder schliefen, und sie sahen, daß sie sich verändert hatten. Das kleine Mädchen sah schön und strahlend aus, mit weichem Haar, und die Blässe des Winters war verschwunden; und der Junge, der noch ein Kind war, sah reifer und stärker aus, sein Gesicht leuchtete vor Freundlichkeit, und seine Haltung war von einer Anmut, die sein Volk liebte.
Als die Maismütter sahen, daß die Kinder wohlauf

waren, glitten sie sanft aus dem Haus, den Hügel hinab zum Haus der alten Großmutter.
Sie riefen von der Türschwelle aus ins Haus, und eine überraschte Stimme bat sie, einzutreten. Als die alte Frau sah, wer sie waren, bedeckte sie ihr Gesicht mit den Händen und kniete vor ihnen nieder.
»Du bist eine gute alte Mutter«, sagte das Weiße Maismädchen, »deshalb sind wir gekommen, um dich um deine Hilfe zu bitten.«
Dann erzählten die Mädchen der alten Frau, wie die Kinder bei der Räumung des Dorfes zurückgelassen worden waren und wie – aus dem Fleisch der Maispflanze – ein Geschöpf erschaffen wurde, um über die Kinder zu wachen, und daß die Kinder und das Maiswesen in einem Haus auf der anderen Seite des Dorfes lebten, jenseits des Hügels vor dem Haus der alten Frau.
»Geh' und tröste das kleine Mädchen, denn sie ist kaum mehr als ein Baby«, sagte das Gelbe Maismädchen, »und sei wie eine Mutter zu ihr, denn sie wird die Mutter ihres Volkes werden, und ihre Kinder werden die Mütter der Menschen werden. Gehe auch und kümmere dich um den kleinen Jungen. Wenn der Mais im Tal ausgewachsen und grün ist und die Maiskolben in der Sonne gelb werden, wird er der Vater seines Volkes werden.«

Dann sagte das Weiße Maismädchen zu der alten Frau: »Doch gehe erst zu den beiden Kleinen, wenn das Maiswesen fort ist. Sei zufrieden damit, in deinem armseligen Haus zu leben; wenn du gebraucht wirst, wird dich das Wesen holen.«

Dann segneten die Maismädchen die alte Frau, die nun nicht länger arm und häßlich war, sondern ein freundliches und gütiges altes Mütterchen mit wunderschönen langen weißen Haarsträhnen, und kehrten schnell zum Haus der Kinder zurück. Dort erzählten sie dem Jungen von all den Dingen, die sich bald ereignen würden. Bald würde der älteste Onkel des Jungen zurückkehren, sagten sie, um einen Webstock zu holen, der in einer Ecke des Hauses stand, denn der Onkel und sein Volk mußten nun für ihr Essen bei den Hopi weben und arbeiten.

»Unser warmer Regen hat den Schnee auf den Pfaden schmelzen lassen«, sagte das Weiße Maismädchen, »und in diesem Moment bereitet sich dein ältester Onkel auf seine Reise vor. Am achten Morgen wird er hier, im alten Haus seiner Verwandten, eintreffen. Er wird den Rauch aus dem Rauchloch aufsteigen sehen und müde und gespannt zur Leiter kommen.

Er wird dich und deine Schwester voller Freude begrüßen, aber ihr dürft weder mit ihm sprechen noch das Essen, das er euch anbieten wird, annehmen. Nicht vor Ablauf von vier Tagen dürft ihr mit ihm sprechen. Verwundert über euer Schweigen, wird er bis dahin über die Bedeutung nachgedacht und in der Weisheit seines hohen Alters erraten haben, daß ihr zuletzt mit den Heiligen Wesen gesprochen haben müßt. Dann wird er vergessen, daß du nicht mehr als ein kleines Bürschchen bist und noch nicht in deinen Clan aufgenommen wurdest. Wenn du zu ihm sprichst, wird er dir demütig zuhören und sich über deine Weisheit wundern, er wird sich vor dir verbeugen und dein treuer Diener werden.

Wenn all das geschehen ist, ernenne ihn zu einem Krieger-Priester und beauftrage ihn, zur Nation der Hopi zurückzukehren und unser Volk abermals zu versammeln, um die Herdfeuer von Ha'wi-k'uh neu zu entfachen und die vertrockneten Felder im Tal der Heißen Wasser neu zu bestellen.«

Das machte den kleinen Jungen sehr glücklich, denn er und seine Schwester waren immer traurig, wenn sie die leeren Zimmer sahen, in denen ihre Verwandten einst gewohnt hatten. Es wäre gut, dachte er, wenn in diesen Räumen wieder Lachen ertönen und der Rauch am Morgenhimmel von Ha'wi-k'uh wieder blaue Streifen bilden würde.

Dann sprach das Gelbe Maismädchen zu dem Jungen.

»Wenn deine kleine Schwester nach uns weinen sollte«, sagte sie, »laß das Maiswesen die Großmutter holen, die wie ihr zurückgelassen wurde, als die Menschen weggingen, um in der Ferne zu leben. Bleibe so, wie du bist«, beruhigte sie den Jungen, »und du wirst weise und mächtig werden. Behalte ein gütiges und sanftes Herz und strafe die Schlechten in deinem Volk wie ein Vater ein törichtes Kind straft. Wenn du dies befolgst, werden wir dieses Tal mit unserer Anwesenheit segnen, der Mais wird sich vermehren und ebenso die Kürbisse und die gesamte Nahrung der Menschen, und ihre Felder werden reiche Ernte tragen.«

Dann nahm jedes der Maismädchen nacheinander sein Gesicht in die Hände und hauchte ihm auf die Stirn. Dann sagten sie: »Möge jeder Tag dir Glück bringen; und ebensoviel Glück, wie der Tag dir brachte, möge dir der Abend bringen.«

»Gehe nun hinein zu deiner Schwester«, sagte die Ältere, »denn wir werden gehen, und du wirst uns niemals wiedersehen, außer mit den Augen deiner Träume.«

Als es im Osten hinter den Bergen Tag wurde, schienen sich die Gestalten der Maismädchen aufzulösen, und ihre Stimmen wurden zu Vogelgesang.

Als sie fort waren, ging der Junge leise zu seiner Schwester. Rings um sie herum standen Körbe vol-

ler duftender Früchte und Melonen, und in den Maislagern häuften sich Berge und Körbe mit dem goldenen Getreide.

»Iß nach Herzenslust von den Gaben der Maismädchen«, sagte er zu ihr, und sie aß fröhlich von den Melonen und dem Mais, den er geröstet hatte. Als sie ihren Teil gegessen hatten, verteilte der Junge die Reste draußen unter den Vögeln und Kleintieren.

Dann kam ein Morgen, an dem das kleine Mädchen traurig war, aber sie weinte nicht und sagte auch ihrem Bruder nichts davon. Das Maiswesen wußte wohl, daß sie trauerte, und es schwirrte und summte umher, bis es schließlich singend aus dem Fenster flog. Nach wenigen Minuten kehrte es zurück, und dicht hinter ihm folgte die alte Frau, die allein am Fuß des Hügels wohnte.

Sie war ebenso gekleidet wie es die Maismädchen gewesen waren, und als das kleine Mädchen sie sah, rannte sie zu ihr hin und vergrub das Gesicht in den Falten ihres weißen Gewandes.

Die alte Frau wiegte das kleine Mädchen auf ihren Knien und erzählte ihr so schöne Geschichten aus alten Zeiten, daß sie wider Willen lachen mußte.

Als die alte Frau sie verließ, sagte sie dem kleinen Mädchen, daß sie von Zeit zu Zeit wiederkommen werde, um nach ihr und ihrem Bruder zu sehen, und das Mädchen lachte laut auf vor Glück, als sie dies hörte. Ihr Lachen war wie der Bach, der am Eingang des Tals über die glatten Steine sprudelt. Es war ein Frühlingsklang, entstanden aus geschmolzenem Schnee.

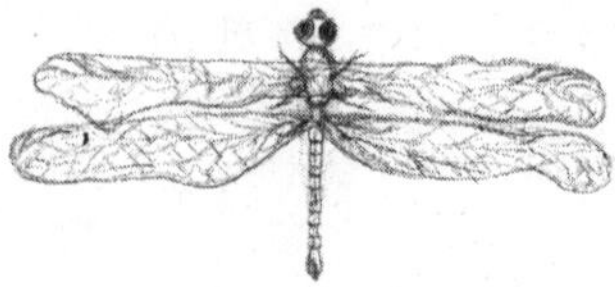

5

Bald nach dem Besuch der alten Frau war die Zeit gekommen, daß der Onkel erwartet wurde. Sorgfältig entfernte der Junge dort, wo sie zu sitzen pflegten, alle Spuren von Nahrung; und auch die Kleider, die sie von den Maismädchen erhalten hatten, räumte er beiseite. Dann machte er ein großes Feuer im Herd, damit der Rauch hoch über die Dächer von Ha'wi-k'uh stieg. Dann hörten sie die Schritte des Onkels draußen auf dem Weg, hörten seine müden Tritte auf der Leiter und auf dem Dach. Und dann blickten seine alten Augen durch die Dachluke in das Zimmer hinab, wo die Kinder saßen. Überrascht und überglücklich sah er sie.
»Oh, meine geliebten Kleinen«, rief er. »Ist das

wahr? Ist das wirklich wahr, daß ich euch hier sitzen sehe nach all der langen Zeit?«

Zu seiner Überraschung kam von den Kindern weder ein Lächeln noch eine Antwort. Sie schienen seine Gegenwart gar nicht wahrzunehmen.

»Meine geliebten Kleinen«, sagte er, als er sich über sie beugte, bis seine grauen Haare fast ihre Gesichter berührten, »wißt ihr denn nicht, daß ich euer alter Onkel bin?«

Noch immer Stille. Die kleinen Kinder gaben weder einen Ton noch ein Lächeln von sich.

Betrübt erhob sich der Onkel und sah sich im Zimmer um. Es war so leer, wie es die Leute verlassen hatten, als sie zu den Hopi-Dörfern aufgebrochen waren. Der einzige Unterschied war, daß es nun sauber und aufgeräumt aussah. Von Nahrung, Kleidern oder Gegenständen des täglichen Lebens gab es keine Spur.

»Arme kleine Dinger«, dachte der Onkel bei sich. »Ich will ihnen etwas zu essen anbieten, denn es ist gut möglich, daß sie gelebt haben, wie die Präriehunde es im Winter tun – in tiefem Schlaf.«

Er öffnete sein Bündel und bereitete eine Schleimsuppe aus gemahlenem Mais und Wasser. Diese stellte er vor die Kinder hin und sagte: »Eßt soviel ihr könnt, meine Kinder, es war ein langer Winter und sehr kalt.«

Noch immer gaben die Kinder weder einen Ton noch ein Lächeln von sich, noch schienen sie seine Gegenwart zu bemerken.
Der Onkel begann sich zu fürchten und zog sich in die Nähe des Herdes zurück. »Sie sind nicht lebendig«, dachte er bei sich, »sondern bei den Ahnen, deren Wege sich vollendet haben.« Doch als er sie ansah, mit ihren frischen Gesichtern und den geröteten Wangen, wußte er, daß dem nicht so war. »Außerdem«, dachte er wieder, »könnte ich sie, wenn sie wirklich aus dem Tanzsaal der Toten zurückgekehrt wären, nur nachts sehen.«
»Meine Kleinen«, sprach er wieder laut, »eure Mutter und euer Vater und all die Brüder und Schwestern eures Clans sind wohlauf und kehren vielleicht bald zurück, um wieder in Ha'wi-k'uh zu leben. Meine Freude, euch unversehrt vorzufinden, ist groß, und die ihre wird noch viel größer sein. Werdet ihr nicht auch froh sein, sie wiederzusehen?«
Und noch immer gaben die Kinder keine Antwort, sondern saßen ganz still und starrten ins Feuer.
Wieder ließ der Onkel seine Blicke durch das Zimmer wandern. Dann nahm er das Bündel von seinem Rücken und hängte es an eine Leitersprosse. Er holte Mehl und getrocknetes Fleischpulver aus dem Bündel und begann hastig, eine Mahlzeit zuzubereiten. Doch bevor er sich setzte, um zu essen, bat er

die Kinder wieder, das Mahl mit ihm zu teilen. Noch immer erhielt er keine Antwort.
Schweigend aß der alte Onkel einige Löffel, doch er war so traurig über den Zustand der Kinder, daß ihm die Tränen über die Wangen zu laufen begannen. Der Junge war voller Mitleid mit dem alten Onkel, aber er dachte an die Anweisungen der Maismädchen und sprach kein Wort.
Schließlich beendete der alte Onkel sein Mahl, und nachdem er die übriggebliebenen Bissen weggeräumt hatte, wandte er sich wieder dem kleinen Jungen zu.
»Ich kann nicht lange hierbleiben. Meine Verpflegung ist knapp, und der Weg zurück zu unserem Volk ist lang und hart, aber ich werde drei oder vier Tage lang hierbleiben und Holz sammeln für euer Feuer. Das werde ich tun, damit du und deine kleine Schwester es warm habt, wenn sich die Nacht wie eine Decke über die leeren Häuser legt, und damit euer Zimmer gegen die Schatten der Nacht erleuchtet ist.«
Bei diesen Worten nickte der kleine Junge und lächelte, und der alte Onkel war sehr erleichtert, endlich ein Lebenszeichen zu sehen.
Sobald der Onkel aufgebrochen war, um Feuerholz zu sammeln, holte der kleine Junge Melonen und grünen Mais hervor, mit denen die Maismädchen

sie versorgt hatten. Als die Kinder genug gegessen hatten, entfernten sie alle Spuren ihrer Mahlzeit.
So ging es bis zum vierten Tag, als der Onkel wie gewöhnlich losging, um Holz zu sammeln. Kaum war er eine Minute aus dem Haus, als die alte Frau aus dem zerfallenen Häuschen hereinkam und den Kindern half, ein großes Festmahl vorzubereiten und alles auf den bestickten Decken auszubreiten, die die Maismädchen zurückgelassen hatten. Da gab es grüne und rote Melonen, gelbe Kürbisse, Bohnen und Berge von goldenem Mais, Mehlkuchen und viele verschiedene Früchte von den Bäumen am Fluß und alle Arten von Maisspeisen aus den Körnern, die die Maismädchen zurückgelassen hatten.
Als die Körbe bis zum Rand mit Speisen gefüllt waren, die Luft im Zimmer erfüllt und schwer war vom Duft der Früchte und alles für das Fest bereit war, kleideten sich die Kinder mit den bestickten Gewändern und dem Schmuck, den die Maismädchen zurückgelassen hatten.
Kaum waren alle Vorbereitungen getroffen, als der Onkel auch schon in der Dachluke erschien. Während er mit seinem Bündel Feuerholz die Leiter herabstieg, fiel sein Blick auf die alte Frau, und er sprach sie mit »Mutter« an, so wie man einen höherstehenden geliebten Menschen anspricht, und

hauchte in ihre Hände, um ihr seinen Respekt zu erweisen.

Dann blickte er voller Staunen auf den kleinen Jungen und seine Schwester, und da er weise und von hohem Alter war, wußte er, daß sie auf irgendeine Weise von A'wonawil'ona, dem Schöpfer und Erhalter des Alls, berührt worden waren, und er hauchte auch ihnen in die Hände.

»Setz' dich zu uns, Onkel, und iß, denn wir wissen, daß du sehr hungrig bist«, sagte der kleine Junge. »Du hast nur wenig Verpflegung mitgebracht, die du uns großzügig angeboten hast, und du hast vier Tage lang Holz für unser Feuer gesammelt.«

Während er dies sagte, nahm der Junge zuerst aus jedem der Körbe und Gefäße ein wenig Essen heraus. Das warf er in die Flammen und sprach: »Erschaffer unserer Lebenswege und ihr Geister unserer Ahnen, nehmt dies in eurer Weisheit in eure Herzen auf und segnet uns mit fruchtbringenden Ernten, lebenswichtigem Wasser und hohem Alter.«

Sie aßen von allem, was vor ihnen ausgebreitet war: der Onkel mit zitternden Händen, denn er war wirklich sehr hungrig, der Junge sparsam und mit größter Bedachtsamkeit, so wie es sich für einen weisen und bedeutenden Menschen schickte.

Als sie fertig waren, räumten die alte Frau und die

kleine Schwester die Überreste weg und bewahrten sie für die Samenfresser draußen auf. Dann sprach der Junge zu dem Onkel.

»Onkel und Kind, komm' und setz' dich dicht zu mir«, sagte er, »denn es gibt vieles, was ich dir erzählen muß und was du hören mußt.«

Der Onkel rückte näher an den Jungen heran. »Was hast du mir zu sagen, mein Vater?« sagte er, denn er wußte nun, daß der Junge vom Geist eines weisen Priesters und der Autorität eines Vaters beseelt war.

Und dann begann der kleine Junge, der weise geworden war, zu sprechen und dabei ins Feuer zu sehen.

»Ach, ach, du und dein Volk!« sagte er. »Ihr habt euch nicht nur über die Segnungen der Götter lustig gemacht, sondern auch über die Götter selbst. An mich und meine kleine Schwester, euer eigenes Fleisch und Blut, habt ihr dabei nicht gedacht und uns zurückgelassen, damit wir umkommen. Kummer hat von da an die Pfade der Menschen bestimmt, und dies war eine Lehre, damit ihr in Zukunft weiser handelt.«

»Es ist wirklich so, wie du gesagt hast, Vater«, antwortete der Onkel. Er saß da und hatte die Hände um die Knie geschlungen, und er wußte, daß das, was der Junge gesagt hatte, die Wahrheit war.

»Die, die unsere Eltern waren«, sagte der Junge, »sollen fortan unsere Kinder sein, und ihre Nachfahren werden die Diener unserer Nachfahren sein.«
Dann schaute der Junge den Onkel direkt an und sagte: »Und doch erinnere ich mich, daß du bei den Torheiten der anderen nicht beteiligt warst. Du allein hast davor gewarnt. Deshalb sollst auch du allein in meiner höchsten Gunst stehen. Du bist weise, und du wirst mir viele Jahre als mein Krieger-Priester dienen.«
Dann sprach der Junge von der alten Frau, die die Menschen von Ha'wi-k'uh verachtet hatten.
»Sie wird nicht länger verachtet werden«, sagte der weise Junge. »Sie wird nicht länger im Abfall des Dorfes nach Essen wühlen müssen, und sie wird nicht länger allein in ihrem zerfallenen Haus unten am Hügel leben. Bis ans Ende ihrer Tage wird sie die Mutter ihres Volkes sein. Und wenn diese Tage kommen, wird meine kleine Schwester die Mutter der Saat werden, denn sie hat von der Milch der Maismädchen gekostet.«
Dann sprach der Junge von den Menschen.
»Die Menschen werden nicht länger nach ihrem eigenen Willen leben«, sagte er, »sondern eher wie Kinder, denen ein Vater und ein Onkel Rat erteilen, beistehen und befehlen müssen. Ich bin ihr Vater, denn ich habe vom Fleisch der Maismädchen geko-

stet, und so wird es sein, bis die Tage unseres Volkes vorüber sind.
Vier Tage lang sollst du hierbleiben und dich ausruhen«, sagte der Junge zum Onkel, »dann wirst du in das Land der Hopi zurückkehren und mein Volk zusammenrufen.«
Als der Abend kam, wurde es früher dunkel als gewöhnlich, und die Wolken wirbelten und ballten sich hoch über den Mesas zusammen. Dann kam der Donner mit lautem Krachen und tiefem Grollen, und die Blitze zuckten und entluden sich in den Hügeln und erhellten die Dunkelheit unter den Wolken mit grellem blauem Licht, und der Geruch von Regen erfüllte die Luft.
Er fiel in Sturzbächen auf das verdorrte Land. Er fiel auf die Berge, hoch über dem Dorf, und er fiel auf die Mesas, und er fiel unten im Tal, wo der Bach über die runden Steine und Felsblöcke stürzte. Schäumend rauschte das Wasser von den Mesas herab und wirbelte durch die Arroyos, bis es sich schließlich fächerförmig und immer breiter werdend über die gesamte Talsenke ausdehnte und eine fruchtbare Schicht frischer, neuer Erde anschwemmte.
Dann, als der Mond über den Hügeln der Zuni aufging, kamen, leise wie Habichte, zahlreiche Läufer aus dem Tanzsaal der Götter im See der Toten, und

mit ihnen kamen viele starke Krieger. Überall in das frische neue Erdreich pflanzten sie alle Arten von Mais und anderen Samen aus den Speichern der Götter. Und noch einmal, in der stillen Zeit kurz vor der Dämmerung, fiel Regen.
Er war so sanft wie ein Kaninchenfell und berührte die Erdhügelchen, die die bunten Maiskerne bedeckten. Als der Regen vorbei war, wehte der Atem der Maismädchen mit der Wärme aus dem Land des Ewigen Sommers über den Boden.
Als der Sonnenvater sich aus seiner Behausung hinter den Bergen im Osten erhob und das Tal mit orangefarbenem Licht überflutete, war auf den großen Flächen nicht ein einziger Fußabdruck zu sehen. Und doch standen überall Reihen mit gelben und grünen Maispflänzchen und Melonenranken, die aus dem warmen Erdreich sprossen.
Mit langen Strahlen drang Licht in das Haus ein, und nachdem alle aufgewacht waren und das Morgenmahl gegessen hatten, rief der Junge seinen Onkel.
»Komm mit mir, mein Krieger-Priester«, rief er, und gemeinsam erklommen sie die Leitern zum höchsten Teil des Hauses.
»Sieh«, sagte der Junge, als er auf die Felder mit sprießenden Maispflänzchen deutete. »Sieh das Werk der Götter! Jetzt sollst du gehen, mein Krie-

ger«, sagte der Junge. »Nimm dir soviel Verpflegung mit, wie du für die Rückreise zu unserem Volk brauchst. Nimm auch eine Maispflanze mit, als Ernteversprechen für die A'shiwi, denn sie haben inzwischen den Klang der Wahrheit vergessen. Bevor du das Land der Hopi erreicht hast, wird diese Maispflanze ausgewachsen sein, saftig und voller Körner. Sie wird dein Beweis sein.«

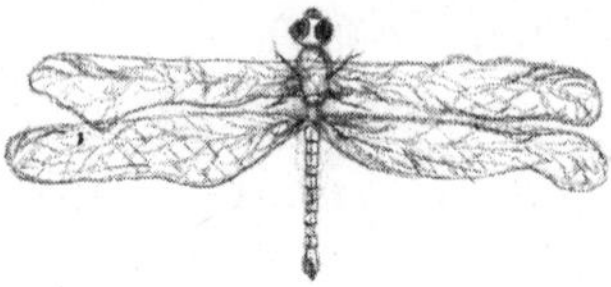

6

Nun war es so, daß das Maiswesen sich still und ruhig verhalten hatte, während der Onkel bei dem Jungen und seiner Schwester wohnte, so, als bestehe es aus nichts weiter als Mais und Stroh. Doch in der Nacht nach der Abreise des Onkels begann das winzige Wesen wieder unruhig auf seiner Stange hin und her zu schaukeln und ungeduldig auf das Ende der Nacht zu warten. Gegen Tagesanbruch konnte es nicht eine Sekunde länger stillhalten, und es begann leise nach dem Jungen zu rufen.

»Vater seines Volkes, höre mich«, summte das Wesen, leise genug, damit die kleine Schwester nicht aufwachte. »Vater seines Volkes, höre mich«, summte es wieder, und diesmal erwachte der Junge und schlüpfte leise unter dem Büffelfell hervor.

»Ich höre dich, mein Freund-der-aus-Mais-gemacht-ist«, sagte der Junge, »doch das Feuer ist erloschen, und der Sonnenvater ist noch nicht gekommen, und ich kann dich in der Dunkelheit nicht sehen.«

»Das ist nicht wichtig«, antwortete das Wesen. »Es ist fast an der Zeit für mich zu gehen, und doch gibt es noch einige Dinge, die zwischen uns besprochen werden müssen. Von diesen Dingen will ich dir nun erzählen«, und damit schwirrte das Wesen herab, dicht an das Ohr des Jungen in der Dunkelheit, damit die kleine Schwester nicht geweckt wurde.

»Du hast mich zum Leben erweckt«, sagte das Wesen, »so wie ich und die Mütter des Maises dir selbst ein neues Leben verliehen haben.«

»So ist es«, antwortete der Junge.

»Du wirst bedeutend werden«, sagte das Wesen, »und dein Volk soll für dich und den von dir erwählten Rat der Weisen säen und ernten. Und wenn du deinen Pfad vollendet und zum Ewigen Rat der Toten gegangen bist, sollen die Nachfahren deines Fleisches oder deines Atems für dein Volk ebenso bedeutend werden, wie du selbst es gewesen bist.

Durch meine Anleitung«, fuhr das Wesen fort, »und durch die Milch der Saatmütter bist du zu beidem, zum Mann und zu einem Shi-wa-ni geworden, was Priester bedeutet, und deine kleine Schwester wird die Saatpriesterin der Erde werden, Hüterin der Samen unter den Menschen und Bewahrerin ihrer Fruchtbarkeit, von der das Leben der Menschen abhängt.«

»Es wird sein, wie es sein wird«, sagte der Junge, denn er besaß nun Weisheit, weit über sein Alter hinaus, und wußte von der Verantwortung, die ihm übertragen worden war.

Während sie redeten, begann das Licht in den Osten zu wandern, und hinter den Bergen, die noch immer dunkel waren, begann das sanfte blaue Glühen des ersten Erwachens des Sonnenvaters. In dem Licht, das noch kein richtiges Licht war, konnte der Junge das Schwirren der Flügel aus Maishülsen kaum erkennen, während das Wesen leise im stillen Zimmer schwebte.

»Siehe«, sagte das Wesen. »Es ist fast an der Zeit, und doch gibt es noch eine letzte Sache.«

»Ich werde dich anhören«, sagte der Junge.

Und dann erzählte ihm das Wesen davon, wie es dazu kam, daß es aus dem Fleisch der Mütter von beiden, von Mensch und Tier, geboren wurde.

»In mir sind auch sie wiedergeboren«, sagte das winzige Wesen, »und auf den Rispen der Maispflanzen wird mein Zuhause sein. Und doch wurde ich ge-

schaffen, um dein Bote zu sein, deshalb werde ich in keinem meiner vielen Heime lange ausharren.«
Und dann sprach es zu dem Jungen: »Schaffe ein weiteres Wesen von meiner Gestalt aus den Maisstengeln, die jetzt unten auf den Feldern wachsen, und lasse es fliegen. Und die Menschen sollen uns und unsere Nachkommen ›Libellen‹ nennen.«
Und so kommt es, daß es Libellen gibt.
»Es wird geschehen«, sagte der Junge. »Als Erinnerung an deine treuen Dienste werde ich dein Bild auf heilige Gegenstände malen, als Symbol für den göttlichen Frühlingsregen. Und deine Gefährtin soll als Symbol des Sommers und der Pfützen der Sommerschauer abgebildet werden.«
Als acht Tage vorüber waren, kam das Volk von Ha'wi-k'uh über die Hügel im Nordwesten gezogen und mit ihm viele Fremde von anderen Stämmen und aus anderen Ländern. Als die Menschen durch die riesigen Felder mit reifendem Getreide in den Ort kamen, zogen sie unter dem Haus des einzigartigen Priester-Jungen vorbei und hauchten voller Demut ihren Atem in seine Hände.
Unter den Fremden, die an diesem Tag eintrafen, wählte der junge Priester drei aus. Diese drei umarmte er und nannte sie seine jüngeren Brüder, und in sie hauchte er den Geist, den die Mütter des Maises in ihn gehaucht hatten.

Dann erwählte er einen großen Krieger und unterstellte ihn dem alten Onkel und übertrug ihnen beiden die Führung über das Volk.
Als er das getan hatte, sprach er zu den beiden Krieger-Priestern: »Geht nun«, sagte er zu ihnen, »und leitet die Menschen an bei der Ernte der Götter. Jeder soll sieben Ladungen Mais für sich selbst nehmen, die achte Ladung aber sollen sie für meine Brüder und für mich ernten, damit alle Menschen in ihren Herzen Respekt vor unserem Rat empfinden.«
Als der Mais geerntet wurde, wurden dem Jungen, der nun ein großer Priester war, viele Lagerräume gefüllt. Diese hütete er, um die Menschen in Zeiten der Not mit Saatgut und Nahrung versorgen zu können. Einen Teil der aufbewahrten Ernte gab er den geliebten Ahnen, den Geistern der Vorfahren, und den Samenfressern, damit diese zufrieden waren und nicht des Nachts die Getreidespeicher überfielen.
Nach und nach wurde der Priester-Junge in den Augen seines Volkes immer angesehener, und als einige Jahre vorüber waren, heiratete er das schönste aller Mädchen, und seine Töchter wurden, als sie erwachsen waren, wegen ihrer Schönheit und Ausstrahlung von Männern in allen Orten nah und fern verehrt.

So war es damals, in den Tagen der Vorfahren, vor langer, langer Zeit, und das ist der Grund, warum es sie gibt, die Ta'a'shi-wa-ni oder Maispriester der Zuni.

Nachwort von Tony Hillerman

Bei uns würde man die Erzählung von dem Jungen, der die erste Libelle schuf, eine »Biblische Geschichte« nennen. Ähnlich wie Geschichten, die auf dem Alten Testament basieren, soll auch diese Erzählung einerseits die Geschichte und andererseits die moralischen Werte eines Volkes vorstellen. Mit einem wichtigen Unterschied: Die Zuni besaßen keine Schriftsprache, mit der sie ihr Stammeswissen bewahren konnten. Statt dessen gaben sie es mündlich weiter – an ihre Kinder, die es wiederum ihren Kindern weitergaben. Die hier erzählte Geschichte wurde im Jahr 1883 zum erstenmal schriftlich niedergelegt. Frank Hamilton Cushing, ein junger Mann aus dem amerikanischen Osten, kam 1879 nach Zuni Pueblo, um den Stamm im Auftrag des Instituts für Amerikanische Ethnologie zu studieren. Cushing fühlte sich so stark zu den Zuni hingezogen, daß er die Lebensart der Weißen schließlich aufgab und als Stammesmitglied akzeptiert wurde. Er wurde in den Macaw-Clan aufgenommen und kurz vor seinem Tod zum Oberpriester des Bogen-Bundes – einer der »ehrenwertesten Männer« im Stammesleben der Zuni – ernannt.

Gemessen an der »mystischen Zeit« ist diese Geschichte wohl erst zu einem relativ späten Zeitpunkt in der Entwicklung der Zuni-Kultur entstanden. Die Zuni-Clans hatten ihre legendären Wanderungen auf der Suche nach dem Mittleren Platz, dem Ort, der ihnen als Heimat vorbestimmt war, fast beendet. Genau genommen war Ha'wi-k'uh die vorletzte Station dieses einstmals umherziehenden Volkes. Als sie das Dorf endgültig verließen (etwa um das Jahr 1672), zogen sie nur ein paar Meilen weiter nach Norden zum heutigen Standort von Zuni Pueblo. Die Legende berichtet davon, daß der Wasserschreiter, ein mystisches Wesen, den Zuni bei ihrer Suche geholfen hat. Er streckte seine zahlreichen Beine bis an das Ende der Welt und senkte seinen Körper herab. Der Punkt, an dem er die Erde berührte (bei einem flachen Hügel neben dem

Zuni-Fluß südlich der Stadt Gallup in New-Mexico), war It'a-wa-na (Der Mittlere Platz), und dort errichteten die Zuni aus Steinen und Lehmziegeln Zuni Pueblo, das sie Halona It'a-wa-na (Ameisenhügel des Mittleren Platzes) nannten. Hier, so berichtet die Legende, wird ihre Heimat sein, bis die Zeit der Zuni zuende geht.

Nach »historischer Zeit« wurde diese Geschichte wahrscheinlich vor etwa fünf- bis sechshundert Jahren zum erstenmal erzählt. Wir wissen, daß Ha'wik'uh vor ungefähr siebenhundert Jahren gegründet wurde, etwa um das Jahr 1300.

Die Geschichte scheint auf einer durch eine Dürreperiode verursachten Hungersnot zu basieren, die eintrat, als das Dorf sich bereits zu einer gut funktionierenden Gemeinde entwickelt hatte, aber noch bevor die ersten europäischen Eroberer (die im Jahr 1539-1540 dort ankamen) begannen, die Lebensweise der indianischen Zivilisationen zu zerstören.

Am Anfang, so lautet die Zuni-Version der Schöpfungsgeschichte des Alten Testaments, gab es nur einen gestaltlosen Nebel und *A'wonawil'ona,* den Großen Gott und Erhalter des Alls. *A'wonawil'ona* schuf den Sonnenvater, den Mond und zwei übernatürliche Wesen, die die Zuni *Shi-wa-ni* und *Shi-*

wa-no-kia nennen. Diese beiden schufen den Sternenhimmel und die Erde, und tief im Inneren der Erde machten sie Lebewesen, aus denen die Menschen, Tiere und Insekten entstehen sollten.
In der Mythologie der Zuni wird berichtet, wie sich diese Lebewesen, mit Hilfe zweier Söhne der Sonne, aus der völligen Dunkelheit der vierten Unterwelt hinauf in die Welt der Wassermoose und von dort hinauf in die Schlamm-Welt, dann weiter nach oben in die Welt der Flügel und schließlich durch das Wasser eines Sees bis zur Erdoberfläche hinaufarbeiteten. Dort wurden einige dieser Wesen, nachdem sie ihre Schwänze und andere tierische Eigenschaften verloren hatten, zu Menschen. Zu diesem Zeitpunkt begannen die Zuni-Clans ihre rastlose Suche nach dem Mittleren Platz. Sie verschafften sich Mais, lernten zu jagen und gründeten die verschiedenen religiösen Bünde und Priestergemeinschaften.

Vieles von dem, was uns an der Libellen-Geschichte merkwürdig erscheinen mag, wird verständlich, wenn wir die grundlegenden Gedanken der Weltanschauung der Zuni verstehen lernen. Die Schöpfungsgeschichte im Alten Testament besagt, daß der Mensch zum Herren über das Universum gemacht wurde und über die Fische, die Vögel und die

Tiere des Landes. In der Überlieferung der Zuni über die Entstehung und das Auftauchen des Menschen wird der Mensch dagegen mit dem Universum gleichgesetzt. Der Mensch ist Teil eines universellen Gleichgewichts mit dem Wild, den Mistkäfern, Spinnen, Bienen, Wolken, mit Wind, Bär und Kaktus. Jeder Teil der Natur muß mit Respekt behandelt werden. Daher kommt es, daß das Vergehen der Zuni, die Verschwendung ihrer Nahrungsvorräte (welche die Respektlosigkeit gegenüber den Pflanzen, dem Regen und der Erde ausdrückt, die sie hervorgebracht haben), ihnen selbst viel schlimmer erscheinen mag als uns. Das gleiche gilt für ihr Versäumnis, den Maismädchen in ihrer Verkleidung als alte Bettlerinnen Essen zu geben. In der Vorstellung der Zuni sind alle Menschen Brüder und Schwestern, und Fremde gilt es mit großer Freundlichkeit zu behandeln. Das »Gebetsmehl«, das in der Geschichte erwähnt wird, ist natürlich feingemahlenes Maismehl, das die Zuni und viele andere Indianer des Südwestens bei ihren Zeremonien auch heute noch verwenden, ähnlich wie die Katholiken »Weihwasser« benutzen oder andere Religionen aromatische Öle. In der katholischen Kirche von Zuni Pueblo findet man an der Eingangstür ein Weihwasserbecken, in dem Maismehl schwimmt. Dahinter steht eine einfache Philosophie: Mais stellt den höchsten Segen Gottes dar, der es einem wandernden Stamm von Jägern und Saatgutsammlern erlaubt, Fuß zu fassen, Bauern zu werden und eine Gemeinschaft zu entwickeln. Das Maismehl ist das Symbol für alle diese Segnungen.

Der Zuni-Brauch, sich gegenseitig in die Hände zu hauchen, verbindet all das, was wir mit Händeschütteln, einer Umarmung und einer Verbeugung ausdrücken. Diese Geste bringt gleichzeitig Respekt und Zuneigung zum Ausdruck – der Atem kommt, buchstäblich, direkt vom Geist des Menschen.

Da bei den Zuni (und den meisten anderen Indianern des Südwestens) unter Familienangehörigen eine ungewöhnlich enge Bindung besteht, werden Verwandtschaftsbezeichnungen häufig dazu verwendet, Respekt und/oder Zuneigung auszudrükken. Daher wird das Libellen-Wesen in der Geschichte in Anerkennung seiner Weisheit »Großväterchen« genannt.

Glossar der wichtigsten Begriffe

A'shiwa-ni-Priester
Bei den Zuni leitet und regelt ein Rat aus mehreren Priestern, den sogenannten A'shiwa-ni-Priestern, zusammen mit dem Dorfhäuptling, dem Pekwin, alle religiösen und weltlichen Angelegenheiten des Dorfes.

A'shiwi
So nannten sich die Zuni-Indianer früher selbst, bevor sie von den spanischen Eroberern ihren jetzigen Namen »Zuni« erhielten.

Arroyo (m)
Bezeichnung für die ausgetrockneten Bachläufe, die die Plateauflächen (Mesas) des amerikanischen Südwestens durchziehen.

Bogen-Bund und Bogen-Priester

Religiöse Zeremonien und Rituale sind bei den Zuni-Indianern sehr wichtig. Deshalb gibt es im Zuni-Dorf mehrere verschiedene Geheim- oder Kultbünde, denen fast alle Männer des Dorfes angehören (einigen Geheimbünden gehören auch Frauen an). Die wichtigsten Aufgaben der Bünde bestehen in der Heilung von Kranken, Regenmagie, Jagdmagie usw. Einer der wichtigsten Geheimbünde ist der Bogen-Bund, der, wie alle anderen auch, von Priestern geleitet wird. Der oberste Bogen-Priester ist sehr einflußreich. Er unterstützt den Dorfhäuptling und ist oft noch mächtiger als er, weil er die religiöse Verantwortung für das Wohl des Dorfes trägt.

Clan (m)

Eine Art weitverzweigter indianischer Familienverband mit einem gemeinsamen Urahnen. Häufig verehrt ein Clan einen bestimmten Totem (Kultgegenstand) und ist nach ihm benannt (wie zum Beispiel die Pflanzen- oder Tiernamen in der Geschichte). Bei den Zuni haben die Clans immer ein weibliches Familienoberhaupt, und alle Verwandtschaftsbeziehungen werden über die Frauen definiert. So ist es üblich, daß die Frauen das Eigentumsrecht auf Häuser und Felder besitzen und junge Männer nach der Hochzeit zu ihren Frauen ziehen.

Clowns

Neben den Medizin-, Jagd- und Fruchtbarkeitsbünden gibt es bei den Zuni auch Clownbünde. Sie sind eine Art Dorfpolizei, die die Menschen für falsches Verhalten zwar nicht direkt bestraft, sie aber durch tölpelhafte Kunststücke und derbe Späße öffentlich lächerlich macht und bloßstellt.

Heilige Wesen
Götterwesen, die über die Zuni wachen und sie beschützen und, wie die Zuni glauben, im Heiligen See wohnen.

Horno (m)
span. für Ofen

Kachinas (f)
Sind die regenbringenden Ahnengeister der Zuni, die bei den Heiligen Wesen auf dem Grund des Heiligen Sees leben, zu dem die Zuni nach ihrem Tod gelangen.

Kiva (f)
So heißen die halbunterirdisch liegenden Versammlungsstätten oder Kulträume, in denen Zermonien vorbereitet, Opfer gebracht oder Fastenrituale abgehalten werden.

Kiva-Gesellschaften
Ähneln den Medizinbünden (siehe Bogen-Bund), dienen aber direkt der Verehrung der Kachina-Geister.
Die Eingliederung eines jungen Zuni-Indianers in das religiöse Leben des Dorfes geschieht meist in zwei Stufen: Im Alter zwischen sechs und zehn Jahren wird er in eine Kiva-Gesellschaft aufgenommen, die der Verehrung der Kachinas, der geliebten Ahnengeister, dient und die sogenannte Kachina-Tänzer ausbildet, welche die Heiligen Wesen in ihren Tänzen verehren. Der zweite Schritt ist dann die Aufnahme in einen Geheimbund.

Koyemshi
ein angesehenes und ranghohes Mitglied eines Clownbundes, auch Heiliger Clown genannt.

Mesa (f)
span. für Tisch, Bezeichnung für die Tafelberge im amerikanischen Südwesten, die aussehen, als hätte man ihnen die Spitze abgeschnitten.

Metates
Steinerne Mahlplatten, auf denen Maiskörner zu Mehl zerrieben werden.

Mittlerer Platz
Die Entstehungsgeschichten der Zuni berichten davon, daß das Volk erst lange Wanderungen hinter sich bringen mußte, bevor es seine endgültige Heimat, Zuni Pueblo, erreichte, das nach ihrem Glauben in der Mitte des Universums liegt. (Siehe auch S. 101).

Mudheads
Die Mudheads (»Schlammköpfe«) sind einer der beiden Clownbünde der Zuni-Indianer.

Pekwin (m)
Die Zuni-Bezeichnung für den obersten Dorfhäuptling.

Piñon (m)
Kiefer, Föhre, Pinie

Plaza (f)
span. für Dorfplatz

Pueblo (m)
span. für Dorf

Shalako
Name der Boten der Ahnengeister, die sich die Zuni als Vögel vorstellen.

Zuni-Indianer
Die Zuni gehören zu einer hochentwickelten indianischen Kultur im amerikanischen Südwesten, den Pueblo-Indianern, obwohl sie eine Sprache sprechen, die mit den anderen indianischen Sprachfamilien nicht verwandt ist. Früher gab es insgesamt sechs Zuni-Dörfer, heute existiert nur noch ein Dorf (Zuni Pueblo) im Westen des Staates New Mexiko.